A

Am blütenweißen Strand einer kleinen Insel im indischen Ozean kräuseln sich die sanften Wellen des türkisblauen Meeres. Und unter wolkenlosem Himmel und Palmen genießen sieben Weltstars ihr neues Dasein: Marilyn Monroe, Elvis Presley, John Lennon, Bob Marley, Curt Cobain, Michael Jackson und Amy Winehouse. Sie alle haben ihr stressiges Leben im Licht der Öffentlichkeit hinter sich gelassen und noch einmal neu angefangen. Butler Adschei, die gute Seele der Insel, umsorgt die prominenten Aussteiger und hält sie bei bester Laune. Mit Herz und Humor erzählt er von ihrem exotischen Leben und ihren liebenswerten Marotten – und von aufregenden Tagen, in denen die idyllische Inselwelt aus den Fugen zu geraten droht …

Oliver Geissen gehört zu Deutschlands bekanntesten und beliebtesten Fernsehmoderatoren. Er moderierte u. a. *Die Oliver Geissen Show*, *Die ultimative Chartshow*, mehrfach die Echo-Verleihungen sowie *Deutschland sucht den Superstar*. Er lebt mit seiner Frau, drei Söhnen und einer Tochter in Hamburg.

OLIVER GEISSEN

DIE GEHEIME INSEL DER STARS

Roman

ATLANTIK

Atlantik Bücher erscheinen im
Hoffmann und Campe Verlag, Hamburg.

1. Auflage 2018

www.hoca.de *www.atlantik-verlag.de*
Satz: Dörlemann Satz, Lemförde
Gesetzt aus der Trump Mediäval
Druck und Bindung: C. H. Beck, Nördlingen
Printed in Germany
ISBN 978-3-455-00316-1

HOFFMANN UND CAMPE

Ein Unternehmen der
GANSKE VERLAGSGRUPPE

»Alle Träume können wahr werden,
wenn wir den Mut haben,
ihnen zu folgen.«

Walt Disney

PROLOG

Die Nacht war lau und sternenklar. Der Mond hing gelb am Himmel. Ein älterer Herr schlich zwischen zwei hochgewachsenen Palmen hindurch. Hätte ihn jemand in diesem Augenblick beobachtet, dann wäre ihm eine gewisse Geschmeidigkeit in den Hüften aufgefallen. Der Mann hielt kurz inne und lächelte. Damals war die Lässigkeit seiner Hüftbewegungen sein Markenzeichen gewesen und hatte jedes Publikum in Ekstase versetzt. Doch das war lange her. Und für immer vorbei? Nicht, wenn sein Plan aufging.

Der Mann hatte nun den Weg erreicht, der zum Strand führte. Dort befand sich auch der Flughafen. Der »Flughafen« war eigentlich nur ein kleiner Anleger, vor dem ein Wasserflugzeug auf seinen Kufen sanft in der Dünung schaukelte. Der Mann wusste, dass seine Schuhe mit den Kreppsohlen kaum ein Geräusch machten, dennoch schlich er auf Zehenspitzen an den Hütten vorbei. Nirgendwo brannte noch Licht, und niemand saß auf der Veranda.

Als der Mann die letzte Hütte passierte, drang durch die halb geöffnete Terrassentür ein Geräusch an seine Ohren. Er erstarrte mitten in seiner Bewegung. Sein rechter Fuß verharrte schwebend in der Luft. Der Mann lauschte in die Dunkelheit. War er entdeckt worden? Stille. Wie in Zeitlupe näherte sich der Ballen des schwebenden Fußes der Erde. Gerade als er aufsetzen wollte, ertönte erneut das Geräusch.

Der Mann überlegte fieberhaft. Was, wenn jetzt jemand aufgewacht ist und mich gesehen hat? Dann ist mein ganzes Vorhaben für die Katz. All die heimlichen Vorbereitungen – vergebens.

Doch zum Glück rührte sich niemand.

»Gute Nacht, John«, murmelte er erleichtert, denn er wusste natürlich, wer in dieser Hütte so laut schnarchte. Dann ging er weiter auf den Strand zu. Jetzt konnte er das zweimotorige Wasserflugzeug sehen, das im Mondlicht glänzte.

Der Mann inspizierte die Umgebung gründlich. Nachdem er sich vergewissert hatte, dass er allein bei dem Flugzeug war, warf er einen Blick auf die Hütten, die sich schemenhaft in der Nacht abzeichneten. Dort war noch immer alles ruhig. Da er im Augenblick nichts anderes tun konnte, als zu warten, kletterte er auf einen der Schwimmkörper, die das Flugzeug über Wasser hielten. Er setzte sich, lehnte sich mit dem Rücken an die Verstrebungen, sah auf den glitzernden Ozean und hing seinen Gedanken nach.

Er erinnerte sich, wie er als junger Mann mit seinem Lastwagen über die Landstraßen gefahren war und dabei aus voller Kehle die Lieder aus dem Radio mitgesungen hatte. Egal, welcher Sender, welcher Stil oder welches Genre. Er liebte einfach die Musik, und irgendwann war aus diesem Mitträllern und Improvisieren etwas ganz Eigenes geworden. Jedenfalls hatte ihm das der Typ gesagt, in dessen Laden er zum Geburtstag seiner Mutter eine Schallplatte aufgenommen hatte. Der Mann schüttelte lächelnd den Kopf. Mit den Schallplatten, damals im letzten Jahrhundert, hatte alles angefangen. Und in seinem Herzen waren diese aufregenden und glorreichen Anfangsjahre nie ganz vergangen.

Der Lichtstrahl einer Taschenlampe glitt ihm über den Nacken und über die Wange. Er drehte sich um. Diesen Lichtstrahl hatte er früher oder später erwartet. Er erkannte einen schlanken Mann, der eine Taschenlampe in der Hand hielt. Der Hinzugekommene war vielleicht dreißig Jahre jünger, und seine anmutigen Bewegungen ließen auf eine Vergangenheit als Bühnentänzer schließen.

»Wolltest du mich erschrecken?«

Der Jüngere schüttelte den Kopf. »Schau dir diesen wunderbaren Mond am Himmel an. Da musste ich mir vorstellen, wie leichtfüßig man dort oben wohl herumlaufen könnte! Ich glaube, das könnte ich sogar.«

»Riesenidee«, entgegnete der Ältere, »ich würd's dann Moonwalk nennen …«

Die beiden lachten los, hielten sich jedoch gleich die Hände vor die Münder. Waren sie etwa zu laut gewesen? Aber die Sorge war unbegründet. Die Insel lag so still und schweigend da wie zuvor.

Der Jüngere sprang ebenfalls auf den Schwimmkörper, und sie hangelten sich in den Rumpf des Flugzeugs. Die Kabinentür war unverschlossen. Die Kanzel des Piloten kümmerte die Männer nicht. Ihr Ziel war der Frachtraum. Im

Inneren des Flugzeugs schaltete der Jüngere wieder seine Taschenlampe ein und deutete mit dem Lichtstrahl auf eine polierte Holzkiste mit zahlreichen Löchern, die an der Wand stand. Sie war etwas länger, als der ältere Mann groß war.

Sie klappten den Deckel der Kiste auf. Sie war von innen gepolstert, und auf dem Boden lagen eine Proviantbox und ein Schlafsack. Der Ältere nickte zufrieden.

»Du hast an alles gedacht.«

Das Lob tat dem Jüngeren gut. Er wusste, dass er oft wegen seiner etwas höheren Stimme und etwas zögerlichen Art unterschätzt wurde, und das gefiel ihm nicht. Der Ältere hingegen gehörte zu den Menschen, die ihm vorbehaltlos vertrauten.

»Und du bist ganz sicher, dass morgen ein Flug zur großen Insel ansteht?«

Der Jüngere nickte in der Dunkelheit. »Keine Sorge, ich habe den Plan zweimal gecheckt.«

»Gut.«

»Du willst es also tatsächlich durchziehen?«, fragte der Jüngere, und seine Stimme klang ein wenig besorgt.

»Ja, manchmal muss ein Mann einfach tun, was ein Mann tun muss. Das weißt du doch, mein Sohn.«

»Schwiegersohn«, korrigierte der Jüngere.

Der Ältere grinste. Dieser Wortwechsel – Sohn, Schwiegersohn – war ihr Running Gag.

»Pass auf dich auf, ja? Und übertreib es nicht«, sagte der Jüngere mit leicht belegter Stimme.

Im Licht der Taschenlampe kroch der Ältere in die Kiste. Der Jüngere schloss den Deckel. Dann ging er zur Kabinentür zurück. Bevor er das Flugzeug verließ, rief er in den Frachtraum: »Hals- und Beinbruch!«, denn das war in ihrem Gewerbe so üblich.

Der Mann in der Kiste schloss die Augen und kontrollierte seinen Atem, bis er einen Zustand von innerer Balance und Zufriedenheit erreichte. Wenn er eines auf dieser Insel gelernt hatte, dann das.

Er versank in einen leichten Schlummer und wurde erst wieder wach, als die Piloten die Kabine enterten. Die Besatzung kontrollierte den Frachtraum nur kurz. Der Kopilot löste die Leinen und stieg dann zu seinem Chef in die Kabine. Als die Maschine sich weit genug vom Ufer entfernt hatte, drehte der Pilot sie mit der Nase in den Wind und warf die Propeller an.

Noch bevor sie ihre Reiseflughöhe erreicht hatten, war der Mann schon wieder eingeschlafen. Sein letzter wohliger Gedanke vor dem Wegdämmern war: Aloha, aber diesmal nicht von Hawaii.

1

Guten Tag, oder wie wir in meiner Heimat zu sagen pflegen: *Namaste.* Das bedeutet wörtlich: *Verehrung dir.* Was perfekt zu meinem Beruf passt. Mein Name ist Adschei – und ich bin Butler.

Bei aller Bescheidenheit, ich erlaube mir jetzt, Ihnen ein Versprechen zu geben. Die Geschichte, die ich Ihnen zu erzählen habe, wird Sie auf die wohl ungewöhnlichste Reise Ihres Lebens führen. Auf eine Insel, die einzigartig ist. Eine Insel, die mein Leben verändert hat. Eine Insel, die das Leben eines jeden verändert, der auf ihr lebt.

Wer zu uns auf die Insel kommt, lässt die Welt und den Trubel seines bisherigen Daseins hinter sich. Bei uns achtet jeder auf sich wie auch auf die anderen. Wir lassen es uns schmecken, kennen das rechte Maß, denn wir wissen nicht nur aus Erfahrung, dass in diesem Leben alles seine Zeit hat. Die lauten und großen Momente genauso wie die leisen und kleinen. Und dass ich, mit Verlaub, trotz meines fortgeschrittenen Alters immer noch im Vollbesitz meiner geistigen und körperlichen Kräfte bin, bringt meine Tätigkeit einfach mit sich. Wenn Sie tagtäglich mit den kreativsten Menschen ihrer Epoche Umgang pflegten, ginge es Ihnen nicht anders.

Wichtig ist natürlich, dass man mit sich selbst im Reinen ist. Früher – bevor ich auf die Insel kam – habe ich Leute gesehen, die sich emsig wie Hamster in Laufrädern abstrampelten, immer schwitzend, immer hechelnd, weil sie meinten, der Sprung auf die nächste Sprosse der Karriereleiter sei der Schritt zum ganz großen Glück. Hin und wieder kommt mir zu Ohren, dass es solche Leute noch immer geben soll. Ganz ehrlich: Über solche Biographien muss ich den Kopf schütteln, und am Ende tun mir diese Menschen einfach leid. Ich bin niemand, der sagt, nur Verzicht mache glücklich. Aber es ist wichtig zu wissen, was im Leben wirklich zählt. Und oft sind es die kleinen Dinge, die das große Gelingen ausmachen – sei es ein kleiner Spaziergang in der Morgensonne oder ein kurzer Blick auf den abendlichen Tanz der Seeschwalben.

Man sollte wissen, wer man selbst ist. Und wie man seine innere Mitte findet. Ich zum Beispiel nähere mich ihr jeden Morgen aufs Neue mit dem Sonnengruß. Ich trete hinaus auf meine kleine Veranda, kurz bevor die ersten Strahlen sie erreichen. Wenn der Himmel von seinem Schwarz über ein sattes Indigo allmählich in immer stärker leuchtendes Blau übergeht, stehe ich da und atme. Ein und aus.

Sobald dann der erste Sonnenstrahl auf meine Füße trifft, beginne ich. Strecke mich und beuge mich. Genau zwölf Mal wiederhole ich die zwölf Asanas des Sonnengrußes, und bei jedem einzelnen Mal merke ich, wie ein kleines Quäntchen Energie in mich zurückkehrt. Ich spüre sie regelrecht in mich hineinströmen, und nachher kommt es mir immer so vor, als würde ich von Fuß bis Kopf leicht und unmerklich federn. So mache ich das seit Jahrzehnten und wünsche mir nichts anderes. Nach dieser Morgenroutine kann kaum etwas meine Gelassenheit und meinen Optimismus trüben.

Das geht nicht nur mir so.

Alle Bewohner unserer Insel – das lässt sich mit Fug und Recht behaupten – sind glücklich. Gelassen und glücklich auf ihre ganz eigene Art und Weise. Das bedeutet natürlich nicht, dass wir alle mit einem Heiligenschein herumwandeln. Jeder bei uns ist ein Mensch aus Fleisch und Blut, alle haben ihre Stärken und Schwächen. Und jedem muss es zugestanden sein, seine Launen und Marotten auszuleben. Aber die Inselbewohner wissen, dass sie am ehesten glücklich sein können, wenn sie erleben, dass es ihren Nachbarn genauso gut geht.

Das ist nicht selbstverständlich. Vielleicht kennen Sie die Geschichten von Meutereien aus fernen und nicht so fernen Tagen oder von Leuten, die auszogen, um in Eintracht und Frieden zu leben – und sich dann früher oder später bis aufs Messer bekriegten. Es braucht natürlich etwas mehr als nur guten Willen und paradiesische Strände unter Palmen, um wirklich glücklich zu sein.

Sir Richard, mein verehrter Arbeitgeber, sagte mir kürzlich: »Adschei, zum vollkommenen Glück braucht es besondere Menschen, Menschen wie dich.«

Ehrlich gesagt, hat mich dieses Lob überrascht (Sir Richard lobt selten, wie die meisten Vorgesetzten) und verlegen gemacht. Wenn auch nur der kleinste Funken Wahrheit darin verborgen sein sollte, würde mich das sehr freuen. Denn eines kann ich nicht leugnen: Ich bin erst dann richtig zufrieden, wenn ich weiß, dass es den Menschen um mich herum an nichts mangelt. So habe ich fast mein ganzes Dasein dem Glück anderer gewidmet und darin meine Erfüllung gefunden. Ich will nicht verhehlen, dass ich – gerade in meinen ersten Jahren auf unserer Insel – kleine Momente des Zweifels erlebte. Auch wenn ich bei weitem nicht alle Ecken der Welt kannte, hatte ich doch schon das eine und andere gesehen. Die Verlockungen fremder Welten, das Glitzern der Metropolen – all das hat auch mich als junger Mann einmal gereizt. Aber nun bin ich mir sicherer denn je, dass ich für mein Leben die richtige Entscheidung getroffen habe.

Vielleicht fragen Sie sich nun, weshalb Sie von einer Insel, die so paradiesisch ist wie die unsere, noch nie gehört haben. Ist sie möglicherweise von geheimen Mächten vor den Blicken der Menschheit versteckt, mit allerlei neuzeitlichen Mitteln geradezu unsichtbar gemacht worden?

Mitnichten. Unsere Insel liegt mitten im Indischen Ozean, und sie ist auf allen Karten verzeichnet. Wer schon einmal auf sie gestoßen ist und etwas recherchiert hat, wird vor allem zwei Dinge erfahren haben. Erstens: Für Laien gibt es auf ihr nichts Interessantes zu entdecken (was ein Irrtum ist). Zweitens: Sie ist ein Naturschutzgebiet, welches nicht betreten werden darf (so die offizielle Sprachregelung).

Allerdings gibt es keine reguläre Karte von unserer Insel. Dafür ist sie einfach zu klein. Aber das ist kein Problem. Seit einiger Zeit existiert erstmals eine Skizze, die den Zwillingen einen Überblick über die Insel gibt. (Welchen Zwillingen, fragen Sie? – Ich muss Sie um ein kleines bisschen Geduld bitten. Ich werde es Ihnen bald erzählen.)

Oberflächlich betrachtet, erinnert unsere Insel an ein luxuriöses Ferienresort, von denen es in Äquatornähe so einige gibt. Wir haben zwei Strände: einen im Westen mit einer Strandbar und einen im Osten, wo die Hütten stehen. Wir nennen sie »Hütten«, dabei handelt es sich um exklusiv ausgestattete Bungalows, die, ehrlich gesagt, mehr mit einer Villa als mit einer Hütte gemein haben. Aber »Hütte« klingt heimeliger. Wir pflegen auf unserer Insel ein gewisses Understatement, und unsere Bewohner sind aus ihrem früheren Leben so viel Luxus gewöhnt, dass es ihnen darauf kaum noch ankommt. Die Einrichtung ist zeitlos und gediegen, und ich muss sagen, das hat sich bewährt.

Im Süden der Insel gibt es eine Plaza, wo sich die Inselbewohner zum Gespräch oder Gedankenaustausch treffen können. Daneben liegen das Fitnesscenter und ein komfortabel ausgestatteter Spa. Unweit davon ist das Personal in einer kleinen separaten Siedlung untergebracht. Bei uns ist es nicht wie in manch anderen Fünf-Sterne-Resorts, wo für die Gäste alles exquisit und perfekt hergerichtet ist, das Personal dagegen bei der Unterbringung deutliche Abstriche machen muss. Das würde der Philosophie von unserem ehrenwerten Sir Richard zutiefst widersprechen. Auch all seine Mitarbeiter sollen sich auf unserer Insel wohl und heimisch fühlen. Wie sonst könnten wir für unsere Bewohner freudig und selbstverständlich jeden Tag Bestleistungen erbringen?

Im Norden der Insel gibt es noch eine kleine Krankenabteilung, die wunderbarerweise so gut wie nie gebraucht wird, und ein Gebäude, in dem unsere Technikzentrale untergebracht ist – Generatoren, Wasseraufbereitung und solche notwendigen Dinge. Auch wenn wir auf unserer Insel fernab der westlichen Zivilisation leben, sind uns deren Errungenschaften nicht fremd.

Es ist mir beinahe etwas unangenehm, ich möchte nicht den Verdacht bei Ihnen erregen, ein Angeber zu sein. Aber wenn Sie unsere Strände auch nur einmal gesehen hätten, diese warmen, sonnenüberfluteten Flächen aus weißem, puderfeinem Sand … Ich bin mir sicher, auch Sie würden gern davon erzählen! Stellen Sie sich vor, der Sand ist so weiß, dass es bei Vollmond am Strand beinahe taghell ist. Man kann von einem Ende zum anderen sehen, weil der Sand das Mondlicht reflektiert. Der Himmel über unserem Eiland leuchtet blau, nur selten zieht ein kleines Wölkchen vorbei, und das Meer schillert in atemberaubenden Türkistönen. Die Temperaturen bewegen sich – höchst angenehm – zwischen fünfundzwanzig und dreißig Grad, und falls es tatsächlich doch einmal Regen gibt, dann fällt er so sanft und derart wohltemperiert auf die Erde, als wollte er sich bei uns für seine Existenz entschuldigen. Doch dafür gibt es keinen Grund. Wir heißen jeden Schauer als Abwechslung für die Natur willkommen. Unter uns Inselbewohnern heißt der Regen »flüssige Sonne«.

Meine Position als Butler ist nicht ganz einfach zu beschreiben. Als ich vor Jahrzehnten anfing, war das noch anders. Ich war ein einfacher Bediensteter und hatte schlichte Aufgaben zu erfüllen: Wäsche machen, putzen, kleine Besorgungen erledigen, Drinks und Essen servieren … all das. Doch im Laufe der Jahre kamen immer weitere Aufgaben hinzu. Ich kümmerte mich um das andere Personal, arbeitete die Pläne für Umbaumaßnahmen und die Einrichtung der Hütten aus und sorgte dafür, dass die Einkaufslisten stets den Wünschen unserer Gäste entsprachen. Vieles musste ich lernen, das war nicht immer leicht. Schließlich liest ein guter Butler seinen Herrschaften nicht jeden Wunsch von den Lippen ab. Ein guter Butler hat die Wünsche bereits erfüllt, bevor sie überhaupt den Weg zu den Lippen gefunden haben.

Unsere Fitnesstrainerin Lulu sagt manchmal, dass ich für die Inselbewohner auch ein Kummerkastenonkel oder Gutelaunebär bin. Gespräche über mich und meine Fähigkeiten versuche ich möglichst zu vermeiden, aber das trifft es jedenfalls nicht. Auch wenn ich selbstverständlich ein offenes Ohr besitze und das ein oder andere aufmunternde Wort parat habe – Sie werden sicher verstehen, dass ich mich weder als Onkel noch als Bär sehe. Für einige – vielleicht sogar für alle unserer Bewohner – bin ich so etwas wie ein Lebensmensch. Das liegt vermutlich daran, dass ich mich immer ganz besonders um unsere Neuankömmlinge gekümmert habe. Die ersten Tage und Wochen auf unserer Insel bedeuten einen besonderen Einschnitt im Leben. Eine sensible Phase. Denn viele – ich wage sogar zu behaupten: alle – Inselbewohner waren in ihren früheren Leben nicht richtig glücklich. An materiellen Gütern mangelte es ihnen nicht. Was ihnen aber fehlte, war eine Balancierstange für den Drahtseilakt des Lebens, eine Orientierung und Trost. Auf jeden Fall das Gefühl, dass es Menschen gibt, die sie so sehen, wie sie wirklich sind. Und die sie trotzdem lieben.

Vielleicht klang es bis jetzt tatsächlich so, als würde ich

ein besonders exklusives Strandresort beschreiben. Das ist unsere Insel in gewisser Weise ja auch, nur: Keiner unserer Gäste reist jemals wieder ab. Richtig, hierher führt eine Einbahnstraße ins Paradies. Eingecheckt wird bei uns für ein ganzes Leben.

Gestatten Sie bitte, dass ich für einen kurzen Moment feierlich werde: Unsere Insel darf als das größte Geheimnis des 20. und 21. Jahrhunderts gelten. Unsere Bewohner haben ihr altes Leben verlassen, um bis ans Ende ihrer Tage bei uns zu bleiben. Adam und Eva wurden aus ihrem Paradies vertrieben. Bei uns kann das nicht passieren.

Und der Rest der Welt sieht natürlich eine ganz andere Seite der Medaille. Für jeden Menschen, der nicht auf unserer Insel wohnt, weilen unsere Gäste nicht mehr unter den Lebenden.

Ich werde Ihnen jetzt offenbaren, wer zu den Bewohnern unserer Insel gehört. Darf ich mich vergewissern, dass Sie gut sitzen? In Ordnung, und jetzt halten Sie sich fest! Die Namen unserer Bewohner lauten, in der Reihenfolge, wie sie auf der Insel eingetroffen sind:

Marilyn Monroe.

Elvis Presley.

John Lennon.

Bob Marley.

Kurt Cobain.

Michael Jackson.

Und last but not least: Amy Winehouse.

Ja, Sie haben richtig gelesen. All diese Ausnahmekünstler, von denen Sie glauben, sie seien tot – sie sind es nicht. Nicht im Geringsten. So wahr ich Adschei heiße. Es geht ihnen besser als je zuvor, und sie wohnen auf unserer Insel.

Vor über fünf Jahrzehnten, am 5. August 1962, traf Marilyn Monroe bei uns ein. Damals wollten viele Frauen so sein wie sie, viele Männer verehrten sie. Auch ich habe sie bewundert, obwohl ich damals noch ein sehr, sehr junger Mann war und nicht viele ihrer Filme habe sehen können. Mittlerweile ist Marilyn eine betagte Dame, aber sie lässt noch immer ihren unvergleichlichen Charme spielen. Dass dies seine Wirkung nie verfehlt und die Männerwelt nur allzu gerne mitspielt, weiß sie nur zu genau.

Sir Richard, mein verehrter Vorgesetzter, hat uns ermuntert, sie in diesem Glauben an ihre immerwährenden Reize zu bestärken. Aber das war gar nicht nötig. Es fällt überhaupt nicht schwer, sie mit Komplimenten aufzuheitern, denn Marilyn ist eine wahrhaft bezaubernde Frau. Und diesem Zauber kann die Zeit nichts anhaben. Ein eher kleiner Prinz sagte mal, dass man nur mit dem Herzen gut sieht, doch ich möchte in aller Bescheidenheit hinzufügen, dass es eine außergewöhnliche Schönheit gibt, die man mit Herz *und* Augen noch viel besser sieht. Wie eben die Schönheit Marilyns.

Nach Marilyns Ankunft hatten wir sehr lange keine Neuzugänge. Was ich – ganz im Vertrauen – sehr genoss. Bis am 16. August 1977 ein gewisser Elvis Aaron Presley eintraf. Einige seiner größten Hits hatte ich gehört, bevor ich auf die Insel kam. Ein großartiger Musiker, keine Frage, obwohl ich – was mir persönlich sehr wichtig ist – ein meditatives Element in seinen Liedern vermisse. Das habe ich ihm natürlich niemals verraten. Jedenfalls hegte auch Elvis Presley höchste Bewunderung für Marilyn Monroe und konnte gar nicht glauben, dass sie tatsächlich noch unter den Lebenden weilte. Er war erst restlos überzeugt, als wir ihm erklärten, dass er mit dem heutigen Tag – ganz genau wie Marilyn – in den Augen der Welt ja auch seine letzte Reise angetreten hatte.

Anfang der achtziger Jahre ging es bei uns geradezu hektisch zu. Drei Wochen vor Weihnachten, im Dezember 1980, traf John Winston Lennon ein, und kein halbes Jahr später, im Mai 1981, gesellte sich Bob Marley zu uns. Die beiden verstanden sich auf Anhieb, auch wenn sie das Außenstehende nur selten merken lassen. Sie frotzeln und kabbeln sich ohne Unterlass.

Im letzten Jahrzehnt des letzten Jahrtausends hatten wir nur einen Neuzugang: Kurt Cobain von der Musikgruppe Nirvana. Von der hatte ich noch nie gehört, was natürlich nicht weiter verwunderlich ist. Noch bevor Kurt das erste Mal seine Haare richtig lang wachsen ließ, wohnte ich schon auf der Insel. Und hier interessiert uns das Geschehen in der Welt da draußen nicht sonderlich, ebenso wenig wie die Neuigkeiten aus Musik- und Showbusiness. Klar wäre es möglich, sich von Sir Richard Informationen, technische Gerätschaften oder eben auch neue Musik besorgen zu lassen. Aber niemand, der auch nur eine Woche bei uns verbracht hat, hegt solche Bedürfnisse.

Der vorletzte Neuankömmling war im Juni 2009 Michael Jackson. Da habe ich Elvis zum ersten Mal sprachlos gesehen. Für Elvis war dieser neue Gast etwas ganz Besonderes. Er war Familie – wenn auch nicht so richtig ... Als Michael ihm verkündete, dass er – wenn auch nur für kurze

Zeit – mit seiner Tochter Lisa Marie verheiratet und somit sein Schwiegersohn gewesen sei, warf es den King of Rock 'n' Roll fast aus den Sandalen. Er brauchte Wochen, um es zu begreifen, er fragte viel nach seiner Tochter und wollte alle Einzelheiten über die Hochzeit wissen – vor allem, wer seine Tochter zum Altar geführt hatte. Mittlerweile fühlen die beiden tatsächlich so etwas wie Familienzugehörigkeit.

2011 kam Amy Winehouse zu uns. Auch sie blühte nach kurzer Zeit richtig auf. Doch das war auch wirklich kein Wunder. Wer weiß, was für ein Leben sie vorher führen musste und welche Leuten sie umgaben, dem war klar: Es gab nur eine Richtung, es konnte nur besser werden. Amy, so war es mir angekündigt worden, sei berühmt-berüchtigt dafür, dass sie eine Schwäche für – na, sagen wir mal – schwierige Jungs hatte. Und so kam es, wie es kommen musste. Amy wurde immer öfter mit Kurt beim Strandspaziergang gesichtet. Obwohl der inzwischen natürlich längst nicht mehr als schwierig durchgehen konnte, sondern ein sehr geerdeter und ausgeglichener Mensch geworden war. Was die besten Auswirkungen auf Amy hatte. Die beiden taten einander definitiv gut.

Nun geht die Zeit an niemandem spurlos vorüber, und so sind unsere Inselbewohner natürlich auch in die Jahre gekommen. Wobei zu berücksichtigen ist, dass es keinen Ort auf der Welt gibt, an dem die Menschen dem körperlichen und seelischen Verfall so beherzt und fröhlich entgegenwirken: durch gute Luft, viel Bewegung unter dem weiten Himmel, gute Ernährung und – nicht zuletzt – unseren Tee.

Unabhängig davon sind unsere Bewohner in Herz und

Hirn immer noch dieselben großen künstlerischen Geister geblieben. Charisma bleibt Charisma, egal wo und wann der charismatische Mensch lebt.

Über Marilyn haben wir schon gesprochen. Elvis ist längst im Pensionsalter, John Lennon auch.

Kurt und Amy sind dagegen noch die blühende Jugend, und Michael Jackson ist das, was man anderswo wohl einen *Best Ager* nennen würde – zumindest auf dem Papier.

Ich versichere Ihnen noch einmal, dass die Insel, auf der all die genannten tot geglaubten Superstars ein erfülltes Leben führen, wirklich existiert. Es gibt sie eben noch auf dieser Welt: die Orte, an denen Träume wahr werden können. Und ich hoffe sehr, dass Sie sich mit dieser Vorstellung anfreunden können. Es ist eben tatsächlich so, wie der ehrenwerte Mahatma sagt: »Die Welt hat genug für jedermanns Bedürfnisse, aber nicht für jedermanns Gier.«

ELVIS
MARILYN
BOB
HOME
JIMMY
CHILI
ADSCHEI
JOHN
MICHAEL
SPA
DADDY
N
W
O
S

2

Ehrlich gesagt, habe ich eine ganze Weile gebraucht, um die Existenzberechtigung unseres Insellebens in all ihren Facetten zu begreifen. Sir Richard, der in der Welt der Reichen und Schönen ein- und ausgeht, hat es einmal so auf den Punkt gebracht: »Viele Leute denken, beruflicher Erfolg plus eine steile Karriere im Showbusiness bedeuten automatisch Glück und Zufriedenheit rund um die Uhr.« So ungefähr hatte ich mir das früher auch vorgestellt. Von den Fans vergöttert, von den Medien gefeiert – das musste der wahre Himmel auf Erden sein. Doch so ist es natürlich nicht, das habe ich von unseren Bewohnern zur Genüge erfahren. Viele unserer Gespräche drehten sich um denkwürdige Augenblicke in ihren Karrieren, auch untereinander sprachen sie manchmal über ihre Erfahrungen. Manches Detail werde ich keiner Menschenseele erzählen, aber eines habe ich erfahren und will es gerne weitergeben: Die Gitterstäbe eines goldenen Käfigs können sehr dick sein.

Vielleicht hilft ein Gedankenexperiment oder, wie man es in meiner Heimat praktiziert, eine Meditationsübung. Stellen Sie sich doch einmal vor, was Sie in dieser Situation empfinden würden: Sie sinken nach einem tollen Konzert, einer großen Show, einem ausverkauften Stadion oder einer rauschenden Filmpremiere einsam auf das Laken Ihres Hotelbetts. Dann kommen die Fragen. Drängende Fragen. Die letztlich auf eine einzige hinauslaufen: Wofür tue ich das alles? Was, wenn meine Kraft nicht mehr ausreicht, meine Glückssträhne abreißt? Denn die Maschinerie ist unerbittlich. Das Rad muss sich weiter drehen, der Rubel rollen und so weiter und so weiter. Solche Gedanken würden Sie sicher nicht gerade beflügeln. Es ist einfach so: Höhenangst kann im Showbusiness eine Berufskrankheit sein. »Wer höher fliegt, kann tiefer fallen«, war eine Zeit lang Kurts Standarderklärung, wenn ihm seine Abgründe wie bodenlose Schluchten erschienen.

Nicht dass wir uns missverstehen. Das Leben eines Superstars hat wenig mit dem eines Galeerensträflings oder eines Minenarbeiters gemein. Im Gegenteil, in diesem Geschäft hat man phasenweise extrem viel freie Zeit. Mit einem Beruf wie dem meinen, der einer wohltuenden Regelmäßigkeit unterliegt, ist das gar nicht zu vergleichen. Aber wenn dann die Arbeitsphase beginnt, wird die Belastung so intensiv und erbarmungslos, dass sofort Versagensängste aufkommen.

Wohl kein Superstar würde es jemals zugeben, aber ich wette: Jeder kennt die Befürchtung, dass man es dieses eine Mal nicht schaffen wird. Wenn ich an die Erzählungen – oder meist waren es eher Andeutungen – von Michael und Elvis denke, dann bringt dieser Job schon wahnsinnige Strapazen mit sich. Eine Welttournee kann über hundert Konzerte umfassen, man kommt durch zig Städte, Auftritte in mehr als einem Dutzend Ländern sind keine Seltenheit. Man lebt nur in Hotelzimmern, bewegt sich – obwohl man dauernd unterwegs ist – immer in demselben engen Kosmos. Die Mitglieder der Band, das Team, das Management. Freunde und Familienmitglieder können nur sporadisch vorbeischauen. Schließlich ist man auf der Arbeit. Zeit für Durchhänger: gibt es nicht. Fast jeden Abend musst du liefern. Gute Laune haben, tanzen, singen, die Massen mitreißen. Danach wollen die Medien gefüttert werden. Interviews geben, dabei professionell bleiben, auch wenn die Fragen sich wiederholen, manchmal dämlich, manchmal schlichtweg hinterhältig sind.

Natürlich, eine Arbeitszeit von fünf, sechs Stunden pro Tag hört sich nicht besonders üppig an. Allerdings ist diese Arbeit kaum mit einer anderen zu vergleichen. Natürlich ist es theoretisch möglich, sich nach den Konzerten mit Freunden oder der Familie zu treffen, um in aller Ruhe Essen zu gehen. Allerdings ist ein Konzert meist erst gegen elf Uhr abends zu Ende. Kurzes Interview, frisch machen, zum Restaurant fahren – erst eine Dreiviertelstunde nach Mitternacht sitzt man völlig fertig mit den Kindern am Tisch und isst zu Abend. Pädagogisch nicht ganz unumstritten. Aber selbst wenn die Familie nicht dabei ist, sondern nur Freunde oder Teammitglieder, ist ein richtiges Gespräch oft gar nicht mehr möglich, denn die Konzentrationsfähigkeit geht um diese Uhrzeit nach all den Strapazen gegen null.

Wie Sie vermutlich ahnen, habe ich selbst nie auf einer

Bühne gestanden, noch war ich je auf großer Welttournee. Aber dank unserer Inselbewohner kann ich nun viele Dinge besser verstehen, sodass ich jetzt einen anderen Blick auf die Welt des Glitzers und Glamours habe. Ich kenne mehr als die strahlende Seite, die mich in meiner Jugend so beeindruckt hat.

Aber auch die Welt des Showbusiness hat sich im Laufe der Jahrzehnte gewandelt. Elvis und Marilyn zum Beispiel sprachen kaum von den sogenannten Paparazzi. Ein Begriff, den ich gar nicht kannte und den sie mir erst erklären mussten. Amy hingegen schien mit diesen aufdringlichen Pressefotografen jede Menge Probleme gehabt zu haben. Einmal fragte ich sie behutsam, ob man das nicht als Berufsrisiko akzeptieren müsse. Schließlich gehört es dazu, dass Stars fotografiert werden und sich die Leute für ihr Privatleben interessieren. Grundsätzlich gab Amy mir recht. Aber sie hatte leidvolle Erfahrungen mit den Boulevardmedien gemacht. Offenbar war sie ein begehrtes Motiv gewesen, weil sie gelegentlich über das Ziel hinausschoss und nicht selten aus gewissen Londoner Clubs hinaustorkelte und mit letzter Kraft und viel Hilfe die rettende Limousine erreichte. Diese Bilder und Geschichten ließen sich hervorragend verkaufen.

Leider, oder besser: Shiva sei Dank, war die Nachfrage nach solchen Storys größer als das Angebot. Also wurden Geschichten erfunden oder – noch gemeiner – inszeniert. Das wollte ich anfangs gar nicht glauben. Ich ließ es mir immer wieder erklären. Amy war sehr geduldig, und ich merkte, wie wichtig es ihr war, dass ich diese Situationen richtig verstehen und einordnen konnte. Ihrem Hausmeister war von Journalisten viel Geld geboten worden, damit er sie Amys Müll durchschnüffeln ließ. Wie viele Flaschen hatte sie ausgetrunken? Was gegessen, was gelesen? Songtexte wären natürlich auch interessant gewesen, allerdings nicht halb so interessant wie Medikamentenverpackungen oder Überreste einer Party.

Ich war geschockt. Man konnte anscheinend einfach alles über prominente Künstler behaupten und drucken. Ein beliebter Zaubertrick schien das Fragezeichen zu sein, das oft überlesen wurde, aber den Redaktionen ermöglichte, juristisch auf der sicheren Seite zu sein. Das Fragezeichen hatte häufig eine so kleine Kurve, dass es auch als Ausrufezeichen durchgehen konnte. Beim schnellen Überfliegen einer Schlagzeile sogar musste. Amy malte mir die Beispiele in den Sand.

Wenn also auf dem Titelblatt einer Zeitschrift stand »Amy Winehouse verprügelt Gärtner?«, dann haben sicher nicht wenige Leute diesen Satz als Behauptung verstanden und das Fragezeichen überlesen. Und im Innenteil wurde dann eine dubiose – natürlich ungenannte – Quelle zitiert, die nichts gesehen, aber irgendwo gehört hatte, dass möglicherweise irgendein Gärtner vor ungefähr zwei Jahren zeitgleich mit Amy einen Rasen betreten hätte ... So in etwa. Nichts davon stimmte, aber es blieb doch etwas haften – und aus all diesen kleinen Gerüchten und Vorurteilen formte sich dann ein unerschütterlicher Ruf, dem man keine Wahrheit mehr entgegensetzen konnte. Geschweige denn, dass es einem abgenommen wurde, wenn man sich geändert hatte.

Amy war natürlich nicht die Einzige, die die Grenzen ihrer Belastbarkeit erreicht hatte. Auch Michael waren diese

Probleme nur allzu vertraut. Als er in frühester Kindheit mit seinen Brüdern berühmt wurde, verlor er seine Freiheit und war praktisch sein ganzes Leben lang ein Gefangener. Sein Vater hatte ihn mit eiserner Hand in das Business eingeführt, und als er erwachsen war und zum »King of Pop« gekürt wurde, waren die Stäbe seines goldenen Käfigs schon meterdick. Er konnte nirgendwohin gehen, ohne Aufsehen zu erregen, selbst einfach nur spazieren zu gehen oder Passanten nach dem Weg zu fragen, war ein Ding der Unmöglichkeit; überall kam es sofort zu Aufläufen und Massenhysterien.

Wissen Sie, was für Michael einer der schönsten Tage seines alten Lebens war? Was passierte, war eigentlich eine Lappalie, aber für Michael war es so wichtig, dass er mir immer wieder davon berichtet. Michael lebte schon seit Jahren abgeschottet auf seinem Wohnsitz, der Neverland Ranch. Zusammen mit diversen Angestellten, unzähligen Tieren und zeitweise auch seinem Manager. Eines Abends, es muss schon etwas später gewesen sein, vielleicht eine Stunde vor Mitternacht, rief er im Gästehaus bei seinem Manager an und erklärte, dass er mit ihm zusammen die Außenwelt besuchen wollte. Der Manager war skeptisch, aber Michael beharrte auf seinem Willen und ließ sich von seinem Manager mit dem Auto abholen. Der hatte schon Bodyguards alarmiert und alles für einen üblichen Hochsicherheitsausflug vorbereitet. Aber Michael schickte die Bodyguards weg und sagte zu seinem Manager: »Nein, nur du und ich.«

Wenn Michael erkannt werden würde, war sein Leben in Gefahr. Seine Fans verehrten ihr Idol, doch in der Masse waren sie unberechenbar. Dass er seinen Angestellten mit seinem Wunsch Albträume bereitete, war Michael ausnahmsweise egal. Er blieb stur, und so fuhren sie – zu zweit! – durch das Tor der Neverland Ranch in die Welt hinaus.

Falls Sie jetzt einen spektakulären Ausflug erwarten, dann muss ich Sie enttäuschen. Michael wollte einfach nur zum nächsten McDonald's. Der Manager lenkte den Wagen auf den Parkplatz und schaltete die Scheinwerfer aus. Er orderte Burger und Cola, dann aßen der King of Pop und sein Begleiter ihr Fast Food und beobachteten das nächtliche Treiben im Schnellrestaurant. Michael sah junge Leute, die sich schick gemacht hatten für den Abend. Hörte sie lachen. Und lachte selbst. Er sah, wie einer jungen Frau der Big Mac fast im Mund explodierte, weil sie beim Abbeißen zu fest mit den Fingern zugedrückt hatte. Für Michael war dieser nächtliche Ausflug auf einen Parkplatz so exotisch, weil er diese Welt nicht kannte. Weil er zum ersten Mal am Alltag normaler Menschen teilnehmen konnte. Mehr als zwei Stunden saßen sie auf dem Parkplatz, bevor der Manager Michael unerkannt auf die Neverland Ranch zurückbrachte. Einer der schönsten Tage seines Lebens? Das machte mich wirklich traurig.

Dass unsere Stars zwar ein Leben voller Reichtum, Erfolg und Anerkennung führten, dabei aber alles andere als glücklich waren, begriff ich voll und ganz, als mir John seine Geschichte erzählte. Dass er mir überhaupt davon berichtete, verblüffte mich. Denn John lässt eigentlich niemanden so richtig an sich heran. Ironie und Spott sind für ihn immer ein Mittel, seine Mitmenschen auf Distanz zu halten. Ich sage mir dann immer, dass es vermutlich am besten ist, wenn ich mich einfach so normal wie möglich verhalte. Schließlich sind wir alle nur Menschen.

Vermutlich war er es gewohnt, dass viele nur deshalb seine Nähe suchten, weil sie etwas von ihm wollten. Und vermutlich taute er auf, weil er glaubte, ich hätte keinerlei Hintergedanken. Hätte ich ihm damals gesagt, dass das Ziel meiner Mission war, ihn zu einem glücklichen und zufriedenen Menschen zu machen, wäre er vielleicht zurückgewichen und hätte mich für einen Spinner gehalten. In seinen ersten Wochen hat er mir einmal gezeigt, wie ätzend er werden konnte, als ich nämlich mit ihm über Meditationsübungen reden wollte. »Vergiss es, ein Maharishi reicht, Adschei!«, zischte er. Doch so weit ist es nie wieder gekommen.

Als John sich schließlich öffnete, sprach er nicht nur von sich. Er wollte wissen, wie ich auf die Insel gekommen war. Ihm war klar, dass auch ich ein paar Geheimnisse mit mir herumtragen musste. Doch das soll hier zunächst keine Rolle spielen.

Zurück zu John. Füge ich die ganzen Momentaufnahmen zusammen, die er mir in den Gesprächen gewährt hat, dann glaube ich zu verstehen, wie es der Organisation möglich war, einen der größten Musiker aller Zeiten in einer Millionenmetropole sterben und auf einer fast unbewohnten Insel wiederauferstehen zu lassen.

John erzählte nur wenig von seiner überaus erfolgreichen Zeit mit den Beatles. All der Ruhm, die Anerkennung und auch der Reichtum spielten in seinen Erzählungen kaum eine Rolle. Nur über seine Kompositionen sprach er viel, allerdings eher theoretisch, weswegen ich mangels musikalischen Talents nicht viel davon verstand. Wer also auf neue Enthüllungen über die *Fab Four* hofft, den muss ich leider enttäuschen. Hier geht es um den Menschen, den John Lennon, der den meisten leider verborgen geblieben ist.

1966 war für John ein Schlüsseljahr. Damals lernte er die japanische Happening-Künstlerin Yoko Ono kennen. Ein Jahr später reiste er gemeinsam mit den anderen Beatles für einige Wochen nach Indien. Erst nach Wales zum Maharishi, dann nach Indien. Die Hare-Krishna-Bewegung breitete sich aus, John verließ seine Frau Cynthia. Er suchte nach einer Aufgabe, die ihn für den Rest seines Lebens ausfüllen würde. Denn dass Rockmusiker ein Job ist, den man bis zum Pensionsalter machen kann, war ja damals alles andere als klar. Er sprach unglaublich viel über diese Zeit. Ich hörte natürlich gern, mit welcher Hochachtung er von meinem Heimatland sprach und wie wichtig seine Zeit dort für sein weiteres Leben war.

Was John Lennon schließlich dazu bewogen hat, am 8. Dezember 1980 zuzustimmen, alle Kontakte zu seiner Umwelt abzubrechen und seine Hinterbliebenen in dem Glauben zurückzulassen, er wäre einem Attentat zum Opfer gefallen, kann ich aber auch nach all diesen Gesprächen mit ihm nicht endgültig beantworten. Er suchte mit Sicherheit Hilfe und Unterstützung, um sich selbst zu finden, aber fest steht auch: Das Attentat auf ihn hat tatsächlich stattgefunden. Und es kam für ihn so überraschend wie für den Rest der Menschheit.

Seine Schussverletzungen hatten sich als nicht so schlimm wie befürchtet herausgestellt, aber er lag zur Sicherheit auf der Intensivstation. Hier kontaktierte ihn zum ersten Mal die Organisation. Wie reaktionsschnell und professionell sie gehandelt haben muss! John erinnert sich nicht mehr hundertprozentig an diese Minuten, aber er weiß, dass zwei Männer in weißen Kitteln – die dann offenbar doch keine Ärzte waren – ihm seine Exit-Option und sein mögliches neues Leben erklärten. Raus aus dem Krankenhaus, mit dem Helikopter aus der Stadt, vom JFK Airport mit einem Privatjet auf die Hauptinsel, letzter Umstieg ins Wasserflugzeug. Eine Reise von zwanzig Stunden. Endstation Paradies.

Das Attentat war für die Organisation der perfekte Zeitpunkt, in Erscheinung zu treten. Eine bessere Tarnung hätte es gar nicht geben können. Man hatte jede Menge Zeugen, einen geständigen Täter und ein echtes Opfer, aber – Gott sei Dank – keinen Toten. Dafür aber einen Totenschein, einen Sarg, eine Beerdigung – alles, was dazu gehört.

Die Welt reagierte mit Bestürzung. Manchmal habe ich mich gefragt, ob es wirklich richtig war, seine Fans so im Unklaren zu lassen.

Mit Geld ist vieles möglich. Mit unendlich viel Geld ist so gut wie nichts unmöglich. Und die Organisation hat sehr viel Geld. Denn so wohltätig ihr Tun für die Inselgäste ist, umsonst arbeitet die Organisation selbstverständlich nicht.

Wie sie an die Reichtümer kommt? Nun, unsere Bewohner überweisen ihr nicht einfach eine gewisse Summe. Das wäre eine zu verräterische Spur. Denn egal, wie geschickt man es anstellt, jede Überweisung lässt sich nachvollziehen. Angehörige würden Nachforschungen anstellen, warum das Vermögen kurz vor dem Tod plötzlich so deutlich reduziert wurde. Aus Gesprächen mit John und den anderen weiß ich, dass die Bezahlung unter anderem durch eine geschickt verschleierte Übertragung von Rechten an die Organisation abgewickelt wird. Im Fall von John wurden Songrechte auf eine Holding oder Unterfirma überschrieben. Es handelt sich also nicht um eine Einmalzahlung, sondern um die Erschließung einer Geldquelle, die Jahr für Jahr die Kasse der Organisation klingeln lässt. So war der Deal.

Die Organisation kann sich deshalb die fähigsten Hirne der Welt leisten. Sie sind clever, haben Erfahrung und sind vor allem eines: loyal und verschwiegen. Wie würden Sie jemanden für einen so anspruchsvollen Job auswählen?

»Das ist eine schwierige Frage«, sagte ich zu Sir Richard, als wir uns einmal über das Thema Personal unterhielten.

»Eine sehr schwierige Frage sogar«, entgegnete er. »Was nützt der beste Mitarbeiter, wenn er sich in Versuchung führen lässt und für viel Geld unser Geheimnis verkauft! Und Käufer gäbe es sicher genug, stell dir nur mal diese Meldung, diese Bilder vor! Hunderte Fernsehsender würden ihre Boote an unsere Küste schicken. Hubschrauber würden über der Insel kreisen. Die ganze Welt würde verrückt spielen!«

»Das würde ich niemals zulassen!«, sagte ich.

»Ich weiß«, bemerkte Sir Richard. »Deshalb brauchen wir so vertrauenswürdige und charakterstarke Leute wie dich, Adschei. Nur dank unserer Mitarbeiter können wir die Insel zu einem Paradies für ihre Bewohner machen.«

Sir Richards Beschreibung meiner Tätigkeit gefiel mir. Seinen Mitmenschen das Paradies auf Erden bereiten, wer möchte das nicht? Allerdings dürfen Sie nicht glauben, dass unser Paradies niemals in Gefahr war …

3

Die Inselbewohner genießen die Freiheit, nur das zu tun, was sie wirklich möchten. Sie verbringen viel Zeit miteinander. Sie reden, basteln oder machen gemeinsam Sport. Die Mahlzeiten werden oft in kleinen Gruppen zusammen eingenommen, manchmal zu abenteuerlichen Zeiten. Was spricht schon gegen ein Frühstück um 17 Uhr? Eigentlich nichts. Das Mittagessen wird dann dementsprechend gegen 23 Uhr geordert, und die aufgehende Sonne beendet gegen 5 Uhr das romantische Abendessen bei Kerzenschein. Kommt hin und wieder vor.

Jeder genießt hier die Gegenwart der anderen. Sie freuen sich auf ihre Verabredungen, sind für spontane Ideen zu haben und pflegen ein wirklich großes – und vor allem echtes – Interesse am Leben ihrer Mitmenschen.

Irgendwann Mitte der neunziger Jahre brachte Marilyn eine neue Kommunikationsform ins Spiel, die bis heute ein fester Bestandteil unseres Alltags ist. Sie baute für sich eine große Tafel, besser gesagt, eine Art Pinnwand. Alles, was sie dafür benötigte, suchte sie sich, kreativ wie sie ist, auf der Insel zusammen.

Eines Morgens – gegen elf Uhr – lud sie alle Insulaner zum Frühstück ein. John und Bob stellten sich vorsichtshalber den Wecker, waren aber pünktlich, wohl von Neugierde ein wenig angetrieben. Marilyn hatte die letzten Tage so geheimnisvoll getan, dass wild spekuliert wurde, was denn nun besprochen werden sollte.

Ich deckte den Tisch also für fünf Personen, Kurt war schon bei uns, Michael und Amy sollten ja erst Jahre später zu uns auf die Insel kommen. Der Tisch stand im Freien, im Schatten auf Marilyns Veranda. Es gab wie jeden Morgen frisches Obst, mit Limettensaft beträufelte Papaya, Mango, Maracuja und Melone. Eine große Schüssel Joghurt stand in der Mitte, daneben frische Croissants.

Jeder hatte seinen Kokostee, Waffeln und Eierspeisen bereitete ich in der Küche je nach Bedarf frisch zu. Marilyn nahm einen großen Schluck Tee, ließ ein Stück Ingwer aus dem Glas in den Mund gleiten und zerkaute es. Als sie den Ingwer komplett verschluckt hatte, legte sie los.

»Guten Morgen, meine Lieben. Schön, dass ihr mich heute besucht.«

Marilyn stellte sich an den Kopf des Tischs. Sie hatte ihre Haare hochgesteckt, trug ein weißes Leinenkleid, war natürlich barfuß und wie immer mit wenig Aufwand dezent geschminkt. Da sie mit dem Rücken zur morgendlichen Brise stand, kamen die anderen in den Genuss des leichten Vanilledufts, der sie umgab.

Marilyn genoss die Aufmerksamkeit, sie hatte auch mich

gebeten, mich zu setzen und der Präsentation beizuwohnen. Es war eine Freude, ihr zuzuhören und sie anzusehen. Marilyn hat eine unglaubliche Aura, der man sich unmöglich entziehen kann. Man folgt ihr automatisch. Heben sich ihre Mundwinkel zu einem Lächeln nach oben, verbreitet sich im Raum gute Laune. Legt sie die Stirn in Falten, wird man unwillkürlich nachdenklich.

Sie verschwand kurz im Schlafzimmer und kam mit ihrer großen Tafel, verdeckt durch ein Laken, wieder. Die Tafel platzierte sie auf einem Stuhl direkt vor dem Frühstückstisch.

Mit einer geschickten Handbewegung zog sie das Laken weg und legte das Wunderwerk frei. Zum Vorschein kam eine zwar hübsch verzierte, aber ansonsten ziemlich jungfräuliche Tafel. Mit anderen Worten: Es gab recht wenig zu sehen.

Bob sagte: »Ups, das Bild ist runtergerutscht.«

John verschwand sofort unter dem Tisch, aber da lag kein Bild.

»Bist du nicht ein bisschen früh dran mit deiner Präsentation?«, nörgelte Elvis. »Es wirkt so ... so unfertig.«

»Ich glaube zu erkennen, worum es dir geht.« Kurt strich sich durch den Dreitagebart und legte den Kopf schräg.

»Nun«, entgegnete Marilyn. »Diese Tafel – das bin ich! Hier könnt ihr ab morgen immer sehen, wie es mir geht, was ich den Tag über getan habe und was ich in den nächsten Tagen vorhabe. Mit Hilfe dieser Tafel werde ich euch in Zukunft an meinem Leben teilhaben lassen, und ich lade euch ein, immer dicht bei mir zu sein, auch wenn wir uns gerade nicht sehen. Ich bin mit dieser Tafel für euch sozusagen ein offenes Buch.«

Für Elvis ergab das Ganze noch keinen rechten Sinn. »Aber ich kann dich doch besuchen und einfach fragen, was du machst und wie es dir geht?!«

»Honey, das wünsche ich mir sogar«, entgegnete Marilyn. »Das hat nichts mit der Tafel zu tun. Ich möchte, dass jeder von euch sich so eine Tafel bastelt. Wir stellen sie dann alle in den kleinen Raum bei der Plaza, sodass sich jeder von uns in kürzester Zeit einen Überblick verschaffen kann, wie es den anderen geht und was sie so treiben.«

Man könnte sagen, die Reaktionen auf Marilyns Idee waren ziemlich durchwachsen. Klar, alles, was mit Basteln und Gestalten und vor allem einer täglichen Pflege zu tun hat, löst bei Männern erst einmal Fluchtgedanken aus. Das ist hier genauso wie überall auf der Welt.

Bob und John schienen alles verstanden zu haben und stürzten sich nun nicht nur endgültig ins Frühstück, sondern plauderten über den vor ihnen liegenden Tag. Elvis und Kurt starrten zwar noch auf Marilyns leere Tafel, aber wenige Minuten später widmeten sie sich ihren Tellern.

Mein Gefühl sagte mir, dass Marilyns Projekt nicht nur einen schweren Start haben würde, sondern auch direkt nach der Präsentation wieder vergessen werden würde.

Im Laufe der nächsten Tage schaffte es Marilyn jedoch mit viel Geduld und weiblicher Hartnäckigkeit, die Männerrunde für ihre Tafeln zu gewinnen. Ihre eigene war natürlich die bunteste und auch die einzige, die regelmäßig gepflegt wurde. Aber nach und nach kamen die Männer auf den Geschmack. Gestaltete Marilyn ihre Tafel mit viel Farbe, Blumen und einem Ausblick auf die nächsten Tage, so ging's bei den Männern etwas handfester zu. John heftete zum Beispiel an seine Tafel einen toten Fisch, um zu zeigen, wie erfolgreich er beim Angeln gewesen war. Kurt schrieb dazu auf seine Tafel: »Smells like teen spirit«. Im Laufe der Wochen entstand tatsächlich eine Interaktion, Bob klebte bei John einen kleinen Joint an die Tafel, versehen mit den Worten: »Heute gegen 17 Uhr bei mir?!«

Und auf Kurts Tafel fanden sich viele Zeichnungen und Gedichte. Er war zu dieser Zeit noch nicht so lange bei uns und wirklich ein sehr kopflastiger und feinfühliger Mensch. Er war derjenige, der auf die Tafeln der anderen die meisten Kommentare schrieb, wobei nicht alles Sinn ergab. Aber das machte ja nichts, denn das wiederum gab Anlass zu Rückfragen und Diskussionen. Gerade Bob versuchte, über die Tafeln einen Zugang zu Kurt zu finden.

Kurzum, Marilyns Plan ging auf. Aus dem kleinen Raum bei der Plaza wurde tatsächlich ein echtes Kommunikationszentrum, das alle Bewohner gerne nutzen.

2003, also viele Jahre später, besuchte uns Sir Richard auf der Insel. Er blieb zwei Tage, sprach mit uns Angestellten, besuchte die Bewohner und klärte ein paar Dinge. Ich traf ihn am Nachmittag und konnte ihm berichten, dass alle Inselbewohner guter Dinge seien und auch im Personalbereich, abgesehen von kleinen organisatorischen Problemen, alles laufe. Wir standen an der Plaza, und ich führte ihn zu unserer »Kommunikationszentrale«, dem Tafelraum. Denn ich fand es äußerst bemerkenswert, mit welcher Akribie unsere Bewohner über Jahre hinweg diese Form der Kommunikation pflegten. War eine Tafel voll, wurde sie natürlich archiviert und in einen Ständer gestellt, den man dann chronologisch durchblättern konnte. Ich erzählte Sir Richard, wie Marilyn es geschafft hatte, dass jeder Bewohner sich hier wie ein offenes Buch präsentierte. Sehr persönlich, sehr vielfältig und sehr offen. Für Männer sogar sensationell offen.

Sir Richard wurde ungewöhnlich still, ging zwischen den Tafeln hin und her, las sich alles genau durch und stellte immer wieder Fragen. »Von wann sind diese Einträge?«, fragte er.

Ich sagte: »Von gestern Abend und heute Vormittag. Die Tafeln werden täglich von den Bewohnern aktualisiert.«

Sir Richard war nicht nur sichtlich beeindruckt, es schien auch irgendetwas in ihm vorzugehen.

»Ich stehe hier vor bunten Tafeln und kann in die Gesichter der Inselbewohner schauen«, sagte er. »Ich sehe, wie es ihnen geht, was sie heute getan haben, und hier sehe ich sogar, wer sich mit wem verabredet hat.« Dann fügte er hinzu: »Es sind Gesichtsbücher!« Sir Richard klang jetzt fast euphorisch.

Mich freute natürlich, dass Marilyns Idee nicht nur auf der Insel so gut funktionierte, sondern dass sie Sir Richard anscheinend viel Freude bereitete.

Jahre später kam Sir Richard wieder zu uns auf die Insel. Er hatte keine Termine, er war auch nur für wenige Stunden da, aber ihm schien dieser Besuch wichtig zu sein. Er sprach zuerst mit Marilyn und kam dann auch zu mir.

Wir gingen zum Strand hinunter. Sir Richard nahm die Hände aus den Taschen seiner Leinenhose und sagte dann: »Adschei, die ganze Welt da draußen hat eure Gesichtsbücher!«

Ich entgegnete: »Bei allem Respekt, das kann nicht sein. Ich habe sie gerade noch heute Morgen ...«

Sir Richard unterbrach mich. »Nein, du verstehst nicht, sie machen es alle wie ihr! Sie haben jetzt alle solche Tafeln und kommunizieren so.«

Mir huschte ein leichtes Grinsen über das Gesicht, weil ich mir vorstellte, wie das wohl aussah, wenn jeder mit so einer großen Tafel bewaffnet durch die Stadt läuft, einkaufen oder zum Sport geht. Sir Richard erklärte mir, dass die Tafeln inzwischen viel kleiner seien, man aber noch viel mehr darauf unterbringen konnte.

Ich schätze Sir Richard sehr, er ist ein wirklich phantastischer Mensch, mit einem großen Herzen. Und weil ich ihn kenne, nehme ich es ihm nicht übel, dass er anscheinend ein wenig übertrieben hat, was den Erfolg unserer Gesichtsbücher draußen in der Welt angeht. Aber er tut eben alles, um seine Mitarbeiter zu motivieren. Trotzdem freut es mich natürlich, dass sein Freund Mark mit unserer Idee ein paar Dollar verdienen konnte.

4

An einem Mittwoch vor gut zwei Monaten schien unsere paradiesische Inselidylle ihrem Ende so nahe wie nie zuvor. Wir nennen den Tag seither nur noch den »D-Day«. Wer auf diesen absurden Vergleich gekommen ist, weiß ich nicht mehr. Damit Sie sich nun keine Sorgen um uns machen, möchte ich Ihnen jedenfalls gleich Entwarnung signalisieren: Die wohl einzige Parallele zum echten D-Day ist die Tatsache, dass unsere kleine Insel in den frühen Morgenstunden vom Strand aus unerwünscht und überraschend betreten wurde. Nur gingen bei uns zum Glück nicht Tausende von Soldaten an Land, sondern nur ein skurriler 71-jähriger Mann in kurzen Hosen und mit einem Lederkoffer in der Hand, der unser Leben gehörig durcheinanderbrachte.

Wie ich bereits angedeutet habe und Sie sich leicht denken können: Die Sicherheit und das Abschirmen der Insel haben für die Organisation natürlich oberste Priorität. Und weil man eine Insel nicht einfach von allen Karten streichen kann, muss man sie mit einer Geschichte umranken.

Sir Richard brachte es mir gegenüber einmal so auf den Punkt: »Wenn du versuchst, etwas zu verstecken, machst du es für Neugierige doppelt interessant.«

Unser Plan war also eigentlich sehr simpel, aber das sind ja bekanntlich zumeist die besten. Unsere Insel ist offiziell als Naturschutzgebiet für bedrohte Tierarten deklariert, speziell für Landschildkröten und Flughunde. Nur wenige Forscher dürfen mit den Tieren auf der Insel leben und ihre Verhaltensweisen studieren – so unsere Legende. Für alle anderen Menschen ist das Betreten der Insel seit Jahrzehnten verboten. So selten wie möglich landen Wasserflugzeuge, um »die Forscher« (also uns) zu versorgen, und obendrein wurde zum angeblichen Schutz der Tiere eine Mindestüberflughöhe von zweitausend Meter festgeschrieben, damit auch ja keiner auf einer Luftaufnahme zufällig einen unserer Bewohner erkennt. Genial einfach, einfach genial.

Denn die weltweite Zahl an passionierten und professionellen Riesenlandschildkröten- und Flughundforschern hält sich natürlich in überschaubaren Grenzen. Weil in der Flughundforschungsliteratur um 1950 unsere Insel tatsächlich erwähnt wird, landet alle paar Jahre die Bewerbung eines besonders eifrigen Biologen bei Sir Richard. Aber auf die unmissverständlichen Absagen einer seiner strengen Assistentinnen hat sich niemand wieder gemeldet – niemand, außer einer einzigen Person …

Doch nun der Reihe nach: An diesem besagten D-Day, einem Mittwochmorgen, hatte ich gerade meinen letzten Sonnengruß auf der Veranda beendet, als ich Michael in der Ferne in Richtung Strand schlendern sah. Seit drei, vier Jahren gehört es zu den liebsten Ritualen des King of Pop, morgens der Erste am Strand zu sein. Warum? Nun, er sucht und sammelt leidenschaftlich gerne Muscheln. Deshalb will er so früh wie möglich nachschauen, was während der Nacht wohl angespült worden ist. Es ist geradezu rührend, ihn aus der Ferne dabei zu beobachten, wie er sich langsam einem ganz besonderen Exemplar nähert, das er gerade entdeckt hat. Wie er die Muschel aufhebt, gegen das Sonnenlicht hält, sanft darüber streicht und sie mit fast kindlicher Freude sorgsam in seinem Lederbeutel verstaut. Er spricht nicht viel über dieses Hobby, und ich gehöre zu den wenigen Menschen, denen er ohne Vorbehalt von seiner Muschelleidenschaft berichtet. Denn er weiß, dass ich ihn niemals damit aufziehen würde. Und so hat er mir auch von diesem Morgen ausführlich und haarklein erzählt, bestimmt ein Dutzend Mal, und jedes Mal liefen ihm Lachtränen über die Wangen.

An diesem Morgen also entdeckte Michael die vermeintlich perfekte Muschel, sie war auf der Oberseite lila und ganz glatt – allerdings hatte sie einen in seinen Augen entscheidenden Makel: Sie war bewohnt, und zwar von einem Krebs. Das hätte manch eifrigen Sammler garantiert nicht daran gehindert, sie zu behalten. Aber für Michael kam es überhaupt nicht infrage, ein Lebewesen zu töten oder zu vertreiben.

Enttäuscht, vielleicht auch ein wenig wütend über den unerwünschten Bewohner, holte er aus und warf die Muschel in die Brandung. Er verfolgte den Flug der Muschel und wünschte dem Krebs eine harte Landung. Nachdem der

Krebs bestimmt mit weit aufgerissenen Augen seine Flugmuschel ins Wasser gesteuert hatte, war für Michael die Sache abgeschlossen, und er machte sich daran weiterzusuchen. Da sah er plötzlich einen Mann knietief im Wasser stehen. Er zuckte kurz zusammen. Bisher war er hier morgens immer allein gewesen. Sollte sich tatsächlich einer der anderen zum Frühaufsteher entwickelt haben?

Michael ging auf den Mann zu. Da er aber an die hundert Meter von ihm entfernt war, die Sonne schon recht grell schien und für Michael auch ungünstig stand, konnte er die Gestalt nicht genau erkennen. Er sah nur die Umrisse. Was er aber erkennen konnte, war, dass die Gestalt anscheinend etwas in der Hand trug. Er ging langsam auf ihn zu, und je näher die beiden sich kamen, desto sicherer wurde sich Michael, den Mann noch nie zuvor gesehen zu haben.

Und wie reagierte Michael? Nein, keine Panik, kein Versteckspiel, kein Ich-geh-mal-schnell-Hilfe-Holen oder Alarmschlagen. Er mag vielleicht nach wie vor ein zögerlicher Mensch sein, ängstlich ist er nicht. So scheu er in seinem ersten Leben auch war, er ist inzwischen viel offener geworden. In dem fremden Mann am Strand erkannte er keinerlei Gefahr. Ganz so, als wäre es das Normalste der Welt, dass morgens um sieben Uhr ein wildfremder Mann auf der Insel aufkreuzt, auf der er mit Elvis Presley, Marilyn Monroe, John Lennon, Amy Winehouse, Kurt Cobain und Bob Marley lebt. Da gehe ich als Michael Jackson doch selbstverständlich erst einmal hin, um Guten Tag zu sagen, oder!? O weh, manchmal weiß ich auch nicht, was mit dem Jungen los ist. Er lebt so sehr im Hier und Jetzt, dass er sich kaum Gedanken über irgendwelche Konsequenzen macht –

eigentlich herrlich und beneidenswert, aber in diesem Fall …

Jeder andere Mensch auf der Insel wäre natürlich sofort von einer ernsthaften Bedrohung ausgegangen. Stellen Sie sich nur einmal einen kurzen Moment vor, welche Folgen der Besuch eines einzigen Fotoreporters für unsere Insel haben könnte! Um unserer Idylle ein Ende zu bereiten, ist gar keine militärische Invasion nötig.

Als die beiden noch etwa fünf Meter voneinander entfernt waren, stellte der Mann seinen Koffer in den Sand und begrüßte Michael.

»Gestatten Sie, dass ich mich vorstelle?«, er verbeugte sich zögernd, während er langsam auf Michael zukam. »Professor Doktor Hans Wiesenhafen. Welche Ehre, sehr erfreut, Herr Kollege.«

Er schaute Michael dabei an, wirkte kurz etwas irritiert und rückte sich die Brille zurecht.

»Morning«, sagte Michael freundlich und streckte seine Hand aus, die der Professor ehrfurchtsvoll schüttelte.

»Sehr erfreut, mit wem habe ich die Ehre? Sie sind jetzt aber nicht Mister Livingstone«, sagte Professor Wiesenhafen etwas verdruckst. Sein Scherz, mit dem er unter Wissenschaftlern bestimmt hätte punkten können, kam hier nicht an.

»Nicht, dass ich wüsste. Ich bin Michael.«

»Herr Professor Michael, sehr erfreut. Ich darf mich Ihnen vorstellen als einer der führenden europäischen Biologen auf dem Fachgebiet der Schildkrötenforschung.«

Michael nickte beeindruckt.

»Sie werden ganz sicher von den zahlreichen Projektanträgen und Vorschlägen gehört haben, die ich an Ihren Leiter geschickt habe. Und vielleicht ist Ihnen auch die dritte, völlig neu bearbeitete Auflage des Standardwerks *Die Schildkröten der Galapagos* untergekommen.« Der Professor räusperte sich kurz und putzte seine Hornbrille mit seinem Hemdsärmel. »Diese Ausgabe habe ich besorgt.«

»Wow, Galapagos«, sagte Michael nur und schaute kurz über den Rand seiner Sonnenbrille.

»Ja, es darf einen sicherlich zu Recht mit Stolz erfüllen, bei jedem Kongress auf den sensationellen Erfolg dieses Werks angesprochen zu werden.« Der Professor setzte die Brille wieder auf. Er kniete sich vor Michael in den Sand, öffnete seinen Koffer, fischte eine Ledermappe heraus und übergab sie Michael. »Mein Curriculum Vitae sowie meine Publikationsliste. Sie werden sehen, dass ich genau der richtige Mann für Sie bin und mit meinen bescheidenen Untersuchungen der hiesigen Aldabrachelys gigantea gewiss eine Bereicherung für Ihr Inselprojekt darstellen würde.«

Michael fand jetzt in seine Rolle, er hatte begriffen, dass dieser Hans Wiesenhafen eine Reaktion von ihm erwartete. Er stellte offenbar eine Autorität für den Professor dar, sein persönliches Urteil war gefragt. Eine solche Gelegenheit ließ sich Michael nicht entgehen. Er nahm die Papiere aus der Schutzhülle und blätterte sie langsam durch, nickte bedächtig und rieb sich nachdenklich das Kinn.

»Nun«, sagte Michael nach einer Weile, »das ist wirklich interessant.«

»Nicht wahr, Herr Kollege? Dürfte ich eventuell erfahren, welcher Ihrer Erfolge mir bereits zu Ohren gekommen sein sollte?«

Michael schmunzelte. »Meine Erfolge?«

»Sie müssen verzeihen, Professor Michael, der Fokus meiner Interessen lag bislang in anderen Regionen. Darf ich denn den Schwerpunkt Ihrer Forschungsarbeiten erfahren?«

»Ähm, eigentlich …«, Michael sah Wiesenhafen an. »Muscheln!«

»Verstehe, Sie sind Meeresbiologe, vermutlich habe ich deshalb – wenngleich es unverzeihlich ist – von Ihren Arbeiten noch nichts vernommen.«

»Genau, Sie sagen es … Meeresbiologe, Spezialgebiet Muscheln.« Michael biss sich auf die Lippen, um nicht loszuprusten, was Professor Wiesenhafen aber nicht zu registrieren schien. »Auf mein Konto geht die Erstbeschreibung der Arten *Glycymeris thrilleris* und *Limea kingofpopii*.«

»*Limea kingofpopii* – hochinteressant, hochinteressant, Professor Michael! Davon müssen Sie mir bei Gelegenheit genauer berichten. So weit unsere Fachgebiete auch auseinanderliegen mögen, ich bin überzeugt, unsere Bekanntschaft wird Synergien freisetzen.«

An dieser Stelle konnte sich Michael, wenn er mir den Dialog wieder und wieder vorspielte, meist nicht mehr beherrschen und bekam einen Lachanfall.

Doch ganz so lustig war die Situation streng genommen nicht gewesen. Am wenigsten für Professor Wiesenhafen. Hätte er zu diesem Zeitpunkt gewusst, dass gerade einmal zweihundert Meter entfernt eine von der CIA ausgebildete Elitetruppe wohnte, die nur darauf trainiert war, einen Eindringling wie ihn zu eliminieren, dann wäre er wahrscheinlich lieber samt Lederkoffer wieder in den Fluten verschwunden. Nun fühlte er sich aber von Michael wohlwollend willkommen geheißen und war voller Vorfreude und aufgeregt, seine anderen neuen Forscherkollegen kennenzulernen.

Plaudernd verließen sie den Strand in Richtung Plaza. Wiesenhafen nahm alles, was er auf der Insel sah, in sich auf und löcherte Michael mit Fragen – etwa über die Beschaffenheit der Gelege unserer Schildkröten oder zu Krankheitserregern und Impfungen. Aber statt auf Antworten zu warten, redete er lieber selbst. Und so fiel es ihm gar nicht auf, dass Michael herumdruckste. Er hob die Arme, deutete in alle Richtungen, Michael lachte und legte seinen Arm um Wiesenhafen – und schon waren alle Fragen beantwortet. Zumindest hatte Michael dieses Gefühl. Wiesenhafen hatte auch ein gutes Gefühl, nämlich, dass er hier auf der Insel tatsächlich gebraucht wurde. Diese wohlige und etwas wunderliche Eintracht wurde in den nächsten Minuten abrupt zerstört.

Von der Security-Basis aus hatte man die beiden Frühaufsteher am Strand schon geraume Zeit beobachtet, dort war man sich der Brisanz der Situation sofort bewusst gewesen und hatte den stillen Alarm ausgelöst.

Als Michael und Wiesenhafen an der Plaza ankamen, ging alles sehr schnell. Vier Männer kamen zügig und wortlos auf die beiden zu. Michael hob lässig die Hand, spreizte Zeige- und Mittelfinger zu einem V und sagte »Hey, morning« – bekam aber keine Antwort.

Diese Autorität und Zielstrebigkeit, die CIA-Agenten ausstrahlen, kennen Sie vermutlich nur aus dem Kino. Ohne lange zu fackeln, wurden die beiden getrennt. Drei Männer kümmerten sich um Wiesenhafen. Der redete aber einfach weiter, als wäre nichts, und ließ sich über Panzerfärbungen aus – dass er rechts und links an den Armen gepackt und fortgeschoben wurde, schien ihn nicht zu kümmern.

Der vierte redete mit Michael. Bei einem stillen Alarm auf der Insel werde auch ich sofort benachrichtigt. Als es geklopft hatte, war mir nach zwei Sätzen sofort der Ernst der Lage bewusst gewesen und ich eilte dem Security-Kollegen hinterher.

Als ich an der Plaza ankam, stand Michael noch immer dem Ex-CIA-Mann gegenüber, der wahrscheinlich die ganze Zeit über versucht hatte, ihm die gefährliche Tragweite des Geschehens zu erklären. Ich ging zu Michael und bat den Sicherheitsmann, uns allein zu lassen. Er blieb jedoch stehen und ließ nicht mit sich diskutieren.

Michael erzählte mir alles und erkannte inzwischen auch selbst, was diese Ereignisse für uns alle und unser Leben auf der Insel bedeuten konnten. Er machte sich große Vorwürfe, die Sache auf die leichte Schulter und mit zu viel Humor genommen zu haben. Ich beeilte mich, sie zu entkräften, denn das Gefühl, sich falsch verhalten zu haben, ist für Michael nur schwer auszuhalten. Natürlich war er nicht verantwortlich dafür, dass Wiesenhafen auf die absurde Idee gekommen war, auf der Hauptinsel ein schrottreifes Boot zu kaufen und einfach mit Sack und Pack zu uns herüberzusegeln. Gut, Michael hätte natürlich sofort Alarm schlagen können, aber geändert hätte das auch nichts. Wahrscheinlich hatten die Jungs den Professor sowieso schon im Visier gehabt, bevor er überhaupt einen Fuß auf die Insel gesetzt hatte.

Michael ließ sich schnell beruhigen, aber für mich stellte sich nun die Frage: Was machen wir jetzt, was mache *ich* jetzt mit diesem Professor? Es war eigentlich unglaublich: Nach all den Jahrzehnten war heute zum ersten Mal ein Neuankömmling völlig ungeplant und unangemeldet bei uns gelandet.

Längst war im Hintergrund eine Maschinerie in Gang gesetzt worden, die ich nicht komplett überblicken, geschweige denn kontrollieren konnte. Sir Richard war ganz sicher schon alarmiert worden und hatte entsprechende Anweisungen erteilt.

Mir wurde ein bisschen schwindlig. Ich beschloss, unseren Sicherheitschef aufzusuchen. Das musste ich jedoch gar nicht, denn er stand bereits hinter mir und sagte in bestimmtem Tonfall, ich solle in fünf Minuten in seinem Camp sein. Diese Art zu sprechen müssen alle Sicherheitsleute irgendwann trainiert haben, man hat immer das vage Gefühl, bei einer ganz dummen Nummer erwischt worden zu sein, und nun werde nur noch das Strafmaß verhandelt.

Ich ging also zu meinem Golfcart und fuhr in Richtung Sicherheitscamp. Die Jungs haben hier ihren Stützpunkt, sie halten ihre Besprechungen ab, und auch das Waffendepot befindet sich dort. Bis auf die drei Männer, die Wiesenhafen fortgebracht hatten, waren alle anwesend. Sie saßen um einen großen runden Tisch herum, der Raum war abgedunkelt. Der nun folgenden Diskussion – oder besser: dem Vortrag – wohnte ich nur als Zuschauer in der zweiten Reihe bei. Es wurde schnell und präzise gesprochen, es gab keine Zwischenfragen oder gar freien Meinungsaustausch. Ich fühlte mich unwohl und überlegte, was diese Situation für uns alle bedeutete.

Spielte Wiesenhafen nur eine Rolle? Was, wenn er ein

getarnter Klatschreporter war? Da konnte sich niemand sicher sein. Ließen wir ihn laufen, bestand das Risiko, dass es höchstens eine Woche dauern würde, bevor eine echte Invasion von Journalisten unseren Strand eroberte. Ja, und dann war da die sehr rabiate Option, die für mich als friedliebender und harmoniebedürftiger Mensch keine war – aber als ich mich in diesem Raum umschaute, wurde mir klar, dass dies für alle anderen Anwesenden die einzig vertretbare Lösung zu sein schien …

Meine Gedanken begannen abzuschweifen. Ich suchte gerade fieberhaft nach Alternativen, als ich angesprochen wurde. Ich hatte den Eindruck, man fragte mich nun nach meiner Meinung, und wollte gerade loslegen. Weit gefehlt. Zwei Dinge musste ich in den nächsten Minuten einsehen. Fakt Nummer 1: Bewaffnete Ex-CIA-Agenten in voller Alarmbereitschaft fragen sehr, sehr selten einen Butler, was sie seiner Meinung nach tun sollen. Fakt Nummer 2: Im Speziellen interessierte sich hier natürlich erst recht kein Mensch für meine Vorschläge. Mir wurde kurz und knapp im Befehlston erklärt, was ich in den nächsten zwei Stunden zu tun hatte.

Punkt.

Eine Klitzekleinigkeit hatte ich nicht hundertprozentig verstanden, aber um größere Tumulte zu vermeiden, verzichtete ich lieber auf eine Nachfrage und machte mich umgehend auf den Weg.

5

Mein Auftrag war es, die übrigen Bewohner über die Geschehnisse in Kenntnis zu setzen. Da ich die Geschichte nicht ständig wiederholen wollte, bat ich alle, sich so schnell wie möglich bei Marilyn einzufinden – natürlich hatte ich sie vorher um Erlaubnis gefragt. Sie war ebenso neugierig wie beunruhigt, weil sie an meinem Verhalten merkte, dass etwas Schwerwiegendes passiert sein musste. Erst als ich ihr in Stichworten erklärte, was los war, gab sie Ruhe.

Als alle bei Marilyn eingetroffen waren, blickte ich in besorgte Gesichter. Solch ein spontanes Treffen am frühen Morgen hatte es hier noch nie gegeben. Wir hockten uns auf die überdachte Terrasse, Bob und John saßen im Schneidersitz auf dem Fußboden, Elvis und Amy wurden von Kurt und mir mit Stühlen und Kissen versorgt. Gerade als ich anfangen wollte, unterbrach mich Bob und bemerkte, dass Michael noch fehle. Ich bedankte mich für den Hinweis, sagte, dass er schon Bescheid wisse, und legte los. In knappen Worten berichtete ich von der überraschenden und ungeplanten Ankunft des Professors.

Alle reagierten zunächst furchtbar erschrocken, Angst spiegelte sich auf ihren Gesichtern. Doch nach dem ersten Schreck bestürmten sie mich mit Fragen. Natürlich drehte sich alles um die Person Hans Wiesenhafen. Wer war er? Woher kam er? Und vor allem: Warum war er hier?

»Ich kann euch zum jetzigen Zeitpunkt nur um Geduld bitten«, sagte ich. »Wir wissen all das noch nicht, aber habt bitte Vertrauen. Wir werden die Details ganz sicher bald erfahren.«

Ich konnte ihnen ja nur beschreiben und wiedergeben, was ich von Michael und den Sicherheitsleuten gehört hatte. Marilyn stand auf und kam mit gefüllten Teegläsern wieder, dazu stellte sie eine kleine Schüssel mit Ingwerstückchen.

Meine Beschreibung von Wiesenhafen und seinen Äußerungen schien die Inselbewohner zu beruhigen. Meiner Einschätzung nach sah Wiesenhafen nicht gerade nach einer akuten Bedrohung aus, sodass unser idyllisches Leben nicht morgen zu Ende sein würde.

»Was haben die denn jetzt vor mit ihm?«, fragte John.

Ich erklärte, dass sich die Kollegen von der Sicherheit gerade um den Professor kümmerten.

»Das heißt, die legen ihn um«, flüsterte John.

Schweigen. Kurt rutschte näher an Amy heran.

Ich erwiderte nichts darauf, sonst hätte ich zugeben müssen, dass sich mir die gleichen Gedanken aufdrängten. Es lag in der Luft. Wir alle hatten auf einmal schreckliche Bilder im Kopf. Bilder von der Hinrichtung eines alten Mannes. Eines Mannes, der sterben muss, damit unser Geheimnis nicht gelüftet wurde.

John sprach aus, was alle dachten: »Das dürfen wir auf gar keinen Fall zulassen, das kommt nicht infrage!« Er klang entschieden wie selten und war sich aller Konsequenzen bewusst. »Eher kehre ich wieder in mein altes Leben zurück, als dass meinetwegen ein Mensch getötet wird.«

John war, wie Sie wissen, durch und durch Pazifist. Und er ist es immer noch. Die anderen schlossen sich seiner Meinung vorbehaltlos an, niemand wollte indirekt mitverantwortlich sein für einen Mord.

Ich merkte in diesen Minuten, dass ich kaum Herr der Lage war. Und ich muss gestehen, dass es für mich nichts Schlimmeres gibt, als solche Momente, die meiner Kontrolle zu entfleuchen drohen. Zum Glück kommt das nur selten vor.

Was sollte ich tun? Ich kannte keine weiteren Einzelheiten. Auf der einen Seite sah ich mich mit überaus motivierten Ex-CIA-Agenten konfrontiert, die wahrscheinlich kurz davor waren, einen alten Mann zu erschießen – und auf der anderen Seite mit einer Gruppe prominenter Pazifisten, die zu allem entschlossen waren. Ich musste handeln, musste diese Runde jetzt nicht nur weiter beruhigen, sondern vor allem unter Kontrolle bringen. Und genau da bahnte sich ein weiteres Problem an.

John stand auf und verlangte von mir, sofort zu Wiesenhafen gebracht zu werden. Auch Amy erhob sich und zog Kurt mit hoch. Ich versuchte die drei zu beschwichtigen und stellte mich dabei ziemlich ungeschickt vor die Tür.

»Ist das wirklich dein Ernst?«, fragte John, der dachte, ich wollte ihm den Weg versperren.

Marilyn erkannte, wie brenzlig die Situation wurde, lebensklug, wie sie war, kam sie mir zu Hilfe und bat die drei, sich wieder hinzusetzen.

»Meine Lieben, wir wissen doch kaum etwas, außer dass ein skurril aussehender Mann heute Morgen bei uns am Strand gelandet ist«, sagte sie. »Und was die Sicherheit mit ihm vorhat, wissen wir auch nicht. Zunächst müssen wir mehr über diesen Mann und sein Vorhaben erfahren. Wenn wir alle Informationen zusammengetragen haben, können wir gemeinsam beschließen, wie wir uns verhalten.«

Das klang nicht nur sehr vernünftig, fand ich, sondern das war es auch wirklich. Inzwischen war Michael hinzugekommen und musste jedes Detail seiner morgendlichen Begegnung erzählen. Es wurde viel geseufzt und manche Stirn gerunzelt, aber die ersten Lacher schlichen sich auch schon ein. Ich zog mich dezent zurück.

Gegen 14 Uhr wurde ich am Telefon verlangt. Sir Richard war am Apparat, er hatte sich inzwischen ein vollständiges Bild von der Lage gemacht, war von den Agenten über alles informiert worden.

»Mein lieber Adschei, erst einmal verhören sie diesen kauzigen Professor jetzt ausführlich«, sagte Sir Richard. »Wie ich eben festgestellt habe, hat er uns in der letzten Zeit diverse Forschungsanträge und mehrere Kooperationsvorhaben geschickt. Er hat sich als Einziger nicht durch unsere Standardabsage abwimmeln lassen.«

»Und er hat sich einfach auf den Weg gemacht?«

»Richtig, so erzählt er es. Auf der Hauptinsel hat er sich

ein abgewracktes Segelboot besorgt und ist in drei Tagen und Nächten herübergesegelt. Ein Wunder, dass er das geschafft hat.« Sir Richard klang, wenn ich das so sagen darf, fast ein bisschen beeindruckt. »Der Kerl scheint von seiner Forschung besessen. Klar, die nehmen ihn jetzt richtig in die Mangel. Aber außer ein paar Büchern, etlichen Notizblöcken, Hemden und Socken hat er nichts bei sich.«

»Und was sagt er sonst noch?«, fragte ich nach.

»Alles Mögliche. Dass er in Österreich geboren ist, dass er die meiste Zeit in den Staaten verbracht hat. Und natürlich spricht er die ganze Zeit von seinen Forschungsarbeiten. Und ...« Sir Richard machte eine kleine Pause. »Der arme Kerl, wirklich traurig ist, dass er vor vier Jahren seine Ehefrau Maggie in den Tod begleiten musste. Seither hat er nur noch seine Schildkrötenforschung und will ihr seine letzten Jahre widmen.«

Ich schilderte ihm die Haltung der Bewohner, ihre Ängste – und vor allem, dass sie sich um das Leben von Professor Wiesenhafen sorgten.

»Kann es sein ...« Ich musste mir einen Ruck geben. »Kann es sein, dass sie ihn umbringen werden?«

Sir Richard wich mir aus. Er wies diese Möglichkeit nicht von sich, bestätigte sie aber auch nicht. Ich war mir nicht sicher, ob Sir Richard verstanden hatte, was die Exekution von Hans Wiesenhafen hier auslösen würde. Deshalb nahm ich noch einen zweiten Anlauf und erklärte ihm – wobei ich, wie ich leider sagen muss, die Ruhe nicht ganz zu wahren wusste –, was John gesagt hatte und was ... bis Sir Richard mich unterbrach.

»Adschei, es widerstrebt mir nichts mehr, als einen Mord

in Auftrag zu geben. Mir wurde diese Lösung allerdings in den letzten Stunden immer wieder als einzige Möglichkeit dargelegt. Ich verspreche dir, alles genau zu prüfen, und gebe dir noch vor Sonnenuntergang Bescheid.«

Ich spürte eine Ohnmacht. Mit unseren Vermutungen lagen wir also ganz richtig. Und ich konnte nichts weiter tun, als abzuwarten. Zum ersten Mal seit langer Zeit bekam ich Magenschmerzen.

Am späteren Nachmittag, ich versuchte gerade, mich mit einem außerplanmäßigen Sonnengruß auf meiner kleinen Veranda zu erden, riefen mich die Bewohner erneut in Marilyns Hütte. Sie hatten die vergangenen Stunden dort verbracht, hatten diskutiert – und waren offenbar zu einer Entscheidung gelangt. Zumindest blickte ich in zuversichtliche Gesichter, als ich den Raum betrat.

»Bitte setz dich, Adschei«, sagte Marilyn und brachte mir ein Glas Tee. »Wir haben uns entschieden. Du hast uns niemals einen Wunsch abgeschlagen, und wir hoffen, dass wir uns auch jetzt auf dich verlassen können. Wir möchten, dass der Professor bleibt, dass er hier mit uns lebt.«

Alle sahen mich an, warteten auf meine Reaktion.

»Hier mit uns lebt?«, meine Stimme klang in diesem Moment etwas schriller als sonst. »Für immer? Und wie stellt ihr euch das vor?«

Sie hatten bereits alle Details durchgesprochen. Sie schlugen vor, fortan auf den gemeinsamen Strandpavillon beim Anleger zu verzichten. Sie wollten ihn für den Professor umbauen und herrichten lassen. Es war ihnen ernst damit, und mir leuchtete sofort ein, dass dies wirklich die einzige Alternative zu einem Mord war.

Ich blieb einen Moment stumm, bis ich einen Energieschub spürte. Das könnte klappen! Davon müsste ich Sir Richard überzeugen können.

Aber Kurt hatte mein kurzes Innehalten falsch gedeutet. »Sollte es gar nicht hinhauen, dann können sie ihn ja immer noch …« Amy warf ihm einen bösen Blick zu. Kurt verstand und trank schnell einen großen Schluck Kokostee.

Meine Magenschmerzen waren urplötzlich verschwunden, und ich machte mich sofort auf den Weg zum Telefon, um Sir Richard so schnell wie möglich von der Idee unserer Bewohner zu unterrichten. Die Sonne ging schon fast unter, und ich hatte noch nichts von ihm gehört.

Auf einmal kam mir die Befürchtung, dass Sir Richard vielleicht schon eine Entscheidung getroffen haben könnte, ohne mich zu informieren. Vielleicht kam unsere rettende Idee zu spät, und Hans Wiesenhafen war in diesen Minuten schon längst tot.

Ich ließ mich mit Sir Richard verbinden. Shiva sei Dank, ich erreichte ihn sofort. Ich sprach aufgeregt und schnell, erklärte ihm den Plan und hielt dann die Luft an, um seine Reaktion abzuwarten.

»Das ist euer Plan? Das ist der ausdrückliche Wunsch unserer Bewohner?«, fragte er.

»Ja, sie sind fest entschlossen«, erwiderte ich, und meine Stimme zitterte etwas.

»Okay, gib mir Zeit, ich prüfe das.«

Mir fiel eine tonnenschwere Last von den Schultern, denn zum einen wusste ich jetzt, dass Wiesenhafen noch lebte, und zum anderen hatte Sir Richard die Lösung der Inselbewohner nicht gleich verworfen.

Unser Gespräch schien beendet, ich wollte gerade auflegen, da sagte Sir Richard: »Adschei?«

»Ja, Sir?«

»Wir kennen uns nun schon so viele Jahre. Aber so aufgebracht wie heute habe ich dich noch nie erlebt. Kann es sein, mein lieber Adschei, dass dir die Angelegenheit über den Kopf wächst? Dass dich das alles mehr aufwühlt, als es sollte?«

»Nun …« Sir Richards Fragen waren mir sehr unangenehm. »Nun, Sir Richard, ich kann schlecht verhehlen, dass es um meine innere Ruhe schon einmal besser bestellt war.«

Seine Stimme klang nachsichtig. »Das kann schon mal vorkommen, Adschei, mach dir nicht allzu viele Gedanken. Das wird schon wieder.«

»Danke, Sir«, ich musste schlucken, »es soll nicht wieder vorkommen.«

Auf dem Weg zurück zu Marilyns Hütte kam ich ins Grübeln. Sir Richard hatte recht. Nicht nur er, auch ich selbst hatte mich in einigen Momenten dieses Tages kaum wiedererkannt. Sollte es an meinem Alter liegen, dass mich eine solch große Unruhe übermannt hatte? Lagen meine Nerven blanker als in jungen Jahren? War ich tatsächlich noch so belastbar, wie ich es bis heute Morgen von mir selbst geglaubt hatte? Vielleicht sollte ich künftig besser auf mich achten und den ein oder anderen zusätzlichen Sonnengruß in meinen Alltag integrieren.

Bei den anderen angekommen, berichtete ich von dem Telefonat mit Sir Richard. Mit seiner Reaktion gaben sie sich vorerst zufrieden. Spät am Abend erhielt ich dann einen weiteren Anruf. Sir Richard zog es tatsächlich in Betracht, sich gegen den Willen seiner Sicherheitsleute zu entscheiden. Es erschien ihm denkbar, dass Hans Wiesenhafen bei uns auf der Insel bleibe. Der Professor wolle ja ohnehin seinen Lebensabend der Forschung widmen, insofern entspreche es durchaus seinem Wunsch, ihn mit den Schildkröten unserer Insel zu verbringen.

Ich atmete so tief durch, dass es am anderen Ende der Leitung zu hören war.

»Ich hoffe doch sehr, dass wir das hinbekommen, mein lieber Adschei«, sagte Sir Richard. »Und wenn wir zusammenhalten und Wiesenhafen mitspielt, werden wir das auch. Manchmal sind die Dinge eben bloß etwas komplizierter.«

Bevor er seine Entscheidung endgültig treffe, fügte Sir Richard hinzu, wolle er allerdings für den nächsten Morgen eine große Zusammenkunft anberaumen. Ohne die Sicherheitsleute, er vertraue mir da voll und ganz. Aber er müsse sehen, wie der Professor auf die Bewohner reagierte, die er noch nicht getroffen hatte. Wir sprachen unser weiteres Vorgehen durch, wo und wann genau Wiesenhafen die anderen das erste Mal treffen würde.

Als ich den Inselbewohnern die frohe Nachricht überbrachte, waren alle erleichtert und erschöpft zugleich. Dieser Tag hatte es in sich gehabt. Er hatte nicht nur mir meine Grenzen aufgezeigt, sondern uns allen ganz klar vor Augen geführt, wie verwundbar unsere kleine Welt doch war.

Gegen Mitternacht löste sich unser improvisierter Krisenstab auf, und jeder von uns ging in gespannter Erwartung des kommenden Tages ins Bett.

6

Wir hatten uns für zehn Uhr wieder in Marilyns Hütte zum Frühstück verabredet. Sir Richard hatte den Sicherheitsleuten mitgeteilt, dass ich Professor Wiesenhafen um acht Uhr abholen durfte. Somit blieben mir zwei Stunden Zeit, um ihn erst mal allein zu sprechen. Ich wollte die Zeit nutzen und ihn langsam darauf vorbereiten, dass er heute unter anderem mit Elvis Presley und Marilyn Monroe frühstücken würde. Die Art und Weise, wie er zu uns auf die Insel gekommen war, sprach zwar nicht dafür, dass Wiesenhafen ein zartes Nervenkostüm besaß. Aber vor unseren Bewohnern waren bekanntlich weiche Knie keine Seltenheit.

Um Punkt acht stand ich vor dem Sicherheitscamp. Man öffnete und ließ mich rein. Die Stimmung war hier – nun, sagen wir es mal so – etwas durchwachsen. Irgendetwas sagte mir, dass man mich für das gewählte Prozedere mitverantwortlich machte.

Die Sicherheitsleute wussten, dass Sir Richard und ich einen exzellenten Draht zueinander hatten, dass wir uns oft und offen austauschten. Und sie wussten außerdem, dass ich Konflikte gerne bei einem Tee und inmitten einer Nag-Champa-Räucherstäbchen-Wolke zu lösen versuchte. Also war für sie klar, dass ich alles daran gesetzt haben musste, um die Exekution von Professor Wiesenhafen zu verhindern. Da sie von dem Wunsch der Inselbewohner nichts zu wissen schienen, überschätzten sie meinen Anteil an Sir Richards Entscheidung wohl leicht. Möglicherweise konnte ich mir das im weiteren Verlauf zunutze machen. Ich hob das Kinn ein klein wenig höher als sonst und zog die Schultern nach hinten.

Ich fragte nach Wiesenhafen. Sie holten ihn aus einem Zimmer. Da stand er also vor mir: Professor Dr. Hans Wiesenhafen. Er hatte graue Haare und strahlte etwas sehr Freundliches aus. Noch immer trug er sein beiges Hemd und die kurze Hose, er sah lediglich ein wenig müder aus als am Tag zuvor. Eine ganze Nacht von ehemaligen CIA-Agenten verhört zu werden, war ja auch wahrlich kein Erholungsprogramm. Seinetwegen wollte ich die Situation ein wenig auflockern, er musste von der angespannten Stimmung zwischen mir und den Sicherheitsleuten nicht gleich etwas mitbekommen. Ich warf mich also in Pose und sagte, als wäre ich Staatsanwalt oder Ermittler in einem Film: »Nehmen Sie ihm die Handschellen ab und bringen Sie ihm seinen Koffer.«

Über mein schauspielerisches und humoristisches Talent wage ich nicht zu urteilen, aber selbst Professor Wiesenhafen lächelte.

Stattdessen: »Siehst du hier irgendwo Handschellen, du Witzbold?«

Okay, das hatte also nicht wirklich funktioniert. Heute verstanden sie offenbar keinen Spaß – eigentlich wie immer. Teil zwei meiner Anweisung verstanden sie aber, der Koffer wurde umgehend gebracht. Wiesenhafen und ich verließen das Sicherheitscamp und gingen zu meinem Golfcart. Wir fuhren Richtung *Staff Village*.

Ich bin es ja durchaus gewohnt, dass mir als Butler bei einer Unterhaltung der geringste Redeanteil zukommt, aber dieses Gespräch verblüffte mich schon sehr. Wiesenhafen redete in einem fort von seinen Arbeiten, die teils Jahrzehnte zurücklagen, sprang dann zu seinen künftigen Vorhaben und fabulierte, wie er sich seine Forscherkollegen und die Zusammenarbeit mit ihnen vorstellte. Viele Fans oder auch die Presse haben unseren Bewohnern vorgehalten, dass sie im Laufe ihrer Karriere die Bodenhaftung verloren hätten. Aber, mit Verlaub, der Elfenbeinturm dieses Herrn musste weiter von der Realität entfernt sein, als unsere Insel vom Nordkap entfernt liegt.

»Herr Professor Wiesenhafen, darf ich mich erkundigen, wie Sie die letzte Nacht überstanden haben?«, fragte ich, um seine Gedanken langsam ins Hier und Jetzt zu locken.

»Also ich muss schon sagen, Ihre Auswahlkommission hat mich sehr dezidiert in die Mangel genommen. Das hätte ich nach dem freundlichen Empfang und der entgegenkommenden Sichtung meiner Unterlagen durch den geschätzten Kollegen Professor Michael nicht erwartet.«

»Unsere Auswahlkommission?«

»Auf Herz und Nieren haben sie mich geprüft. Seit der

Verteidigung meiner Doktorarbeit wurde ich … Nein, warten Sie, seit der höchst intensiven Abschlussbefragung beim Pelomedusen-Panel in Helsinki 1979 …«

So ging das noch eine ganze Weile weiter. Vermutlich hielte er noch heute Monologe, wäre nicht ich an seiner Seite gewesen. Ohne dass ich mir etwas darauf einbilden möchte, aber ich darf mich glücklich schätzen, auf eine gewisse Erfahrung mit leicht verwirrten oder überforderten Neuankömmlingen auf unserer Insel zurückgreifen zu können. Und so gelang es mir, ganz allmählich zu Professor Wiesenhafen vorzudringen und ihm klarzumachen, dass sein unangekündigtes Auftauchen zu einigen Unannehmlichkeiten geführt hatte. Von der Prominenz unserer Bewohner sagte ich ihm noch nichts.

Ich bereitete uns einen Kokostee und begann ihm ein paar Fragen über sein Leben zu stellen, die er – welch ein Wunder! – sogar beantwortete. Wir sprachen über seine Forschung, seine Lieblingsarten unter den Schildkröten und über seine Ehefrau Maggie. Maggies Tod hatte sein Leben ins Wanken, aber nicht zum Einsturz gebracht. Das konnte ich aus Gründen, über die ich vielleicht später mit Ihnen sprechen möchte, sehr, sehr gut nachempfinden.

Möglicherweise war es unser Tee, der seinen kaum zu bremsenden Elan noch weiter anstachelte, jedenfalls sprang er um Viertel vor zehn auf und sagte, er wolle nun endlich mehr über diese Insel und die anderen Forscher erfahren. Nach diesem Gespräch wusste ich, dass wir die richtige Entscheidung getroffen hatten und seine Aufnahme als dauerhafter Inselbewohner ganz sicher gelingen würde. Hans Wiesenhafen war ein herzensguter Mensch ohne familiäre Bindung und – deutlicher konnte es nicht sein – vollkommen desinteressiert am Showbusiness, was im Hinblick auf das bevorstehende Frühstück ja auch nicht ganz unerheblich war und mich immer neugieriger werden ließ …

Wir machten uns auf den Weg zu Marilyns Hütte. Aus der Ferne sah ich bereits Michael, der hektisch von der Terrasse ins Haus lief. Unsere Ankunft wurde also schon erwartet. Ich hatte mich dazu entschlossen, Wiesenhafen noch nicht mit den Namen der Inselbewohner zu konfrontieren.

Wir gingen über den mit Farnen gesäumten Weg zur Hütte und stiegen die Holztreppe hinauf. Die Inselbewohner waren aus dem Wohnzimmer gekommen, sie standen auf der Terrasse und musterten schweigend den Neuankömmling.

Ich ließ Wiesenhafen den Vortritt und beobachtete die Situation aus dem Hintergrund. Er nahm seine Hornbrille ab und putzte sie rasch an seinem Hemdsärmel, verbeugte sich dann zwei, drei Mal dezent, aber ehrfürchtig in die Runde. Dann standen sie sich für einen kurzen Moment schweigend gegenüber: der Professor, Auge in Auge mit Elvis Presley, Marilyn Monroe, John Lennon, Bob Marley, Kurt Cobain, Amy Winehouse und Michael Jackson. Ein Augenblick, wie es ihn in der Geschichte unserer Inselgemeinschaft noch nicht gegeben hatte. Ich war auf alles vorbereitet, vor allem darauf, dass Hans Wiesenhafen in Ohnmacht fallen würde. Aber nichts dergleichen passierte.

»Es ist mir eine Ehre, mich diesem erlauchten Kreis von Kolleginnen und Kollegen vorstellen zu dürfen: Wiesenhafen, Professor Doktor Hans Wiesenhafen.«

Er begrüßte die Insulaner wie seinesgleichen, er schien keinen von ihnen zu erkennen oder auch nur kurz nachdenklich zu werden. Er gesellte sich einfach in die Runde und betonte mehrfach, wie sehr er sich freue, Teil des Forschungsprojektes sein zu dürfen. Auch sein Lieblingsthema, die dritte Auflage seines Galapagos-Schildkröten-Buchs, kam natürlich gleich zur Sprache.

»Davon haben wir selbstverständlich gehört. Eine große Sache, diese Neubearbeitung!«, sagte Kurt. »Erst gestern haben wir ausführlich über diesen Meilenstein der Biologie gesprochen.«

Michael grinste. Wiesenhafen sah voll falscher Bescheidenheit zu Boden und fühlte sich allen Ernstes geschmeichelt.

Ich sah, wie Elvis und Amy am Rande der Terrasse tuschelten und schmunzelten, auch sie hatten sich natürlich auf etwas anderes eingestellt. Doch es kam noch besser: Als Wiesenhafen Bob die Hand reichte, zeigte er sich höchst verzückt darüber, dass auch Einheimische zum Forschungsteam gehörten. Bei Bob löste sich in diesem Augenblick die gesamte Anspannung, und er zeigte kopfschüttelnd seine großen weißen Zähne, er konnte sich kaum wieder einkriegen. Alle anderen fielen in sein Gelächter ein, und uns war klar, dass dieser Tag uns noch den einen oder anderen besonderen Moment bescheren würde. Bob legte eine Hand auf Wiesenhafens Oberarm und führte ihn zum Tisch auf der Terrasse.

»Easy, Herr Professor, easy – lassen Sie uns dieses erbauliche Gespräch unter Kollegen doch lieber bei einem Frühstück fortführen.«

Wir setzten uns um den Tisch, der üppig und festlich gedeckt war, es gab wie jeden Tag das köstliche Inselobst –

Ananas, Mangos und Orangen, die zwischen den Hütten wuchsen und die allesamt noch morgens am Baum gehangen hatten. Wer einmal davon probiert hat, möchte sein Lebtag nichts anderes mehr frühstücken. Wir tranken unseren Tee, der auch bei Wiesenhafen ausgesprochen gut ankam. Zwischen seinen Schildkrötenmonologen hielt er eine kleine Lobrede auf die in der Kokosnuss enthaltene Laurinsäure. Doch als er gerade dazu ansetzte, die antimikrobiellen Reaktionen genauer zu erläutern, hielt er mitten im Satz inne und sah auf.

»Kann es sein, dass ich Sie kenne?«

Schlagartig wurde es ruhig. John, der gerade seinen Tee umrührte, hielt den Löffel still. Bob, der eine Avocado geschält hatte, legte sie wortlos hin. Und Kurt, den Mund voller Melone, hörte auf zu kauen. Elvis richtete sich in seinem Stuhl auf und schaute erwartungsvoll.

Wen meinte Wiesenhafen? Ich konnte von meinem Platz am Rand nicht ausmachen, wen er ansah. Am ehesten wohl Elvis oder Marilyn, vermutete ich. Klar, die beiden haben sich im Laufe der Jahrzehnte natürlich verändert, aber bei Wiesenhafens Alter konnte es gut sein, dass er mit ihren Filmen oder der Musik groß geworden ist. Und von den beiden musste man sogar in Österreich gehört haben.

Alle blickten zu Wiesenhafen. Der fischte aber gerade mit gesenktem Kopf ein Stück Ingwer aus seinem Tee. Er schob es schließlich am Becherrand hoch, sicherte es mit zwei Fingern und steckte es in den Mund. Dann sah er auf und blickte Amy direkt in die Augen.

»Sind wir uns schon einmal begegnet? Irgendwie kommen Sie mir bekannt vor.«

»Das kann durchaus sein«, antwortete Amy.

»Ach, natürlich!«, rief Wiesenhafen aus und schlug sich mit der Hand vor die Stirn. »Dass mir das nicht gleich eingefallen ist.«

Amy lächelte eine Spur deutlicher, die anderen tauschten verwunderte Blicke. Elvis wirkte fast ein wenig enttäuscht.

»Sagen Sie nichts, sagen Sie nichts!« Wiesenhafen streckte ihr die Hand über den Tisch entgegen. »Sie sind Mrs. Roberta Stevens, die Assistentin von Professor Wilson an der Queen Mary University.«

Wir mussten grinsen, nur Amy blieb ernst.

»Nein, Herr Professor, da irren Sie sich. Sie müssen mich verwechseln.«

Wiesenhafen schüttelte irritiert den Kopf, sah in sein Teeglas und wurde sehr kleinlaut. »Verzeihen Sie, ich dachte …«

»Mit London lagen Sie aber gar nicht so falsch.«

Amy legte ihren Kopf etwas schräg. Wiesenhafens Gesicht hellte sich wieder auf.

»Ja, London, London an der Tamesa«, schwärmte er, »da habe ich im letzten Jahrzehnt viel Zeit verbracht, eine wunderbare Stadt der Wissenschaft und Kultur! Ich bitte nochmals um Verzeihung, welch ein Fauxpas, diese Verwechslung …« Er stockte, stellte sein Glas ab, kniff die Augenbrauen zusammen und sah Amy konzentriert an. »Sie sind gar nicht in der Wissenschaft tätig, ich habe in die völlig falsche Richtung gedacht.«

Amy hob die Augenbrauen.

»Genau, Sie sind Sängerin. Meine Frau Maggie, Gott hab

sie selig, hat vor einigen Jahren eine sehr schöne Platte von Ihnen gekauft, Mrs. ... Mrs. ... Winehouse!«

Jetzt war ich baff, damit war nun wirklich nicht zu rechnen gewesen – ausgerechnet Amy! So einige Münder standen offen, und Elvis sah aus, als würde er jeden Moment kollabieren. Der King wurde nicht erkannt, stattdessen machte der Nachwuchs das Rennen!

»Richtig, ich bin Amy, Amy Winehouse.« Sie drehte den Kopf zur Seite, sah den Professor aus den Augenwinkeln an und fing leise an zu singen und die Schultern kreisen zu lassen: »Well, sometimes I go out by myself. And I look across the water ...«

In der Welt da draußen war das eines ihrer bekanntesten Lieder gewesen, mir hat sie es auch schon einmal vorgetragen, es heißt *Valerie.*

Ich mochte es kaum glauben, aber Wiesenhafen schien von uns allen am wenigsten überrascht. Er klopfte fröhlich, aber ausgesprochen unrhythmisch mit dem Zeigefinger auf der Tischplatte. Als Amy fertig gesungen hatte, applaudierte er kurz.

»Sehr schön, sehr schön. Das habe ich schon einmal gehört. – Aber nun drängt es mich zu erfahren, Mrs. Winehouse: Was führt Sie auf diese Insel?«

Dieser Professor war wirklich unglaublich, er drehte den Spieß einfach um.

»Haben Sie«, fuhr er fort, »etwa die Vorzüge der Naturwissenschaft vor der Musik für sich entdeckt?«

»Professorchen, Professorchen – ich denke, es ist nun wirklich an der Zeit und in Ihrem eigenen Interesse, dass wir etwas klarstellen.« Amy wandte sich in meine Richtung und sah mich fragend an. Ich zögerte kurz, dann nickte ich ihr zu. Wenn jemand gut darin ist, Klartext zu sprechen, dann Amy. »Herr Professor, das, was ich Ihnen jetzt erkläre, ist von großer Bedeutung. Könnten Sie mir bitte ein einziges Mal – für eine ganze Minute am Stück – Ihre volle Aufmerksamkeit schenken?«

»Freilich, Mrs. Winehouse, freilich, mit dem größten Vergnügen. Worum geht es denn?«

»Well, ich gehe davon aus, dass Ihnen auch andere Menschen an diesem Tisch bekannt vorkommen sollten. Schauen Sie sich jetzt einmal ganz in Ruhe um.« Amy deutete in die Runde. »Jetzt gucken Sie sich Ihre Tischnachbarn mal so exakt an, als wären es Schildkröten. Na …?«

Auf der einen Seite war ich froh, dass Amy die Dinge so offensiv anging. Auf der anderen Seite tat mir Hans Wiesenhafen fast ein wenig leid, wie er sich jetzt ratlos in der Runde umsah und seine zerknüllte Serviette hektisch von einer Hand in die andere schob. Amy preschte doch ganz schön vor.

»Ihr Schildkrötentick scheint mir eine Nischenbegabung zu sein, abgesehen davon sind Sie mir wohl nicht der Schnellste.« Amy stützte ihre Hände in die Hüften. »Also – zu Ihrer Linken mit der runden Brille: John Lennon. Zu Ihrer Rechten: unsere bezaubernde Gastgeberin Norma Jeane Baker, die Ihnen als Marilyn Monroe untergekommen sein dürfte. Hier der liebenswerteste Mensch der Welt: Kurt Cobain. Michael Jackson haben Sie allerspätestens gestern kennengelernt, und Ihr einheimischer Mitarbeiter des Monats da drüben nennt sich Bob Marley.« Amy beugte sich leicht nach vorn. »Und was lernt der geneigte Wissenschaftler daraus?«

Wiesenhafen schwieg. Er entfaltete seine Serviette, wischte schnell über seine Brillengläser und sah Amy fragend an.

»Ganz einfach: Das – hier – ist – keine – Forschungsstation!« Amy verschränkte die Arme. »Und wir sind hier alles, bloß keine Kollegen! Diese Insel ist so etwas wie ... sagen wir, die geheimste und paradiesischste Künstler-WG aller Zeiten. Wir haben allesamt unsere Karrieren beendet, und die Welt da draußen denkt, wir wären tot. Eine simple Täuschung, wir sind quicklebendig und besser dran als je zuvor. Kurz gesagt – gut leben und frei entfalten: ja, naturwissenschaftlich forschen: nein! Verstanden, Professorchen?«

Wiesenhafen rückte seinen Stuhl zurecht und zwinkerte Amy verschwörerisch zu: »Was nicht ist, kann ja noch werden, meine Gute!«

Amy verdrehte die Augen, sie ging mir fast ein bisschen zu grob vor, aber Wiesenhafens guter Laune schien das keinen Abbruch zu tun.

»Herr Professor Wiesenhafen«, seufzte sie nun. »Was ich gesagt habe, ist das in Ihrer privaten Umlaufbahn angekommen? Haben Sie schon einmal von meinen Mitbewohnern gehört?«

»Aber selbstverständlich, Mrs. Winehouse. Was für eine Ehre, was für ein aufwendiger Empfang für einen einfachen Biologen wie mich, Mrs. Monroe und Mr. Marley, Mr. Lennon ... wie konnte ich das nur ... sagen Sie bloß ...«

Er nickte beflissen, stammelte vor sich hin. Irgendetwas war bei ihm angekommen, so viel war sicher. Ob er irritiert war, weil all die tot geglaubten Showgrößen gar nicht tot waren? Ich weiß es nicht. Mir war auch nicht klar, ob er die Stars wirklich erkannte und ob ihm die Namen tatsächlich geläufig waren. Vielleicht war er einfach nicht in der Lage, Wissenslücken zu offenbaren, und überspielte sie so. Ein ähnlicher Gedanke musste Amy gekommen sein. Sie stellte ihn auf die Probe.

»Den Herrn zu meiner Linken habe ich noch nicht erwähnt. Haben Sie vielleicht eine Ahnung, wer das sein könnte?«

Elvis fuhr sich durch die immer noch sehr voluminöse Haartolle und sah den Professor über den Rand seiner Sonnenbrille an. Eine gute Gelegenheit, den Nachwuchs auf die Plätze zu verweisen.

»Es würde mich doch sehr wundern«, Elvis legte all seinen Schmelz in die Stimme, »wenn Ihre Frau Maggie vom King of Rock 'n' Roll keine Platte besessen haben sollte.«

»Aber sicher«, sagte Wiesenhafen, »natürlich, natürlich … na, nun sag schon … sind Sie nicht …«

Einen kurzen Moment herrschte Stille. Elvis schluckte und guckte, als hätte er im ausverkauften Konzert mitten im Lied den Text vergessen. Wiesenhafen wandte sich hilfesuchend zu mir um. Ich hatte das dringende Gefühl, einschreiten zu müssen.

»Das ist doch hervorragend. Ich bin sicher, Sie werden mit Mr. Elvis Presley blendend auskommen, Herr Professor.«

Ich ging eilig um den Tisch herum und reichte Elvis ein frisch aufgefülltes Teeglas. Er regte sich nicht und verzog weiter keine Miene, aber in seinem Inneren konnte ich die Unruhe spüren. Er war nicht besonders eitel, aber dass er, der Jahrzehnte als lebende Legende um die Welt getourt war, offenbar nicht erkannt wurde, machte ihm zu schaffen. Ich würde mich in den nächsten Tagen besonders um ihn kümmern müssen.

Wiesenhafen widmete sich derweil unbekümmert seinem Frühstück.

»Sagen Sie mal, Herr Adschei«, sagte er. »Kann es sein, dass Sie auch eine Berühmtheit sind?«

Ich lächelte und winkte ab.

»Keine Sorge. Ich bin hier nur der Butler.«

7

So kam also vor drei Monaten Hans Wiesenhafen als unser neuer Mitbewohner auf die Insel. Sie ahnen es sicher längst: Selbstverständlich sprach für Sir Richard nichts mehr dagegen, dass der Professor bei uns auf der Insel blieb. Schließlich ging nicht die geringste Gefahr von ihm aus.

Wir richteten ihm also gleich am nächsten Tag den Strandpavillon ein, wobei er kaum etwas für sich in Anspruch nehmen wollte und die meisten Dinge ablehnte. Ein Bett, ein Regal für Maggies Bild und ein großer Holztisch für seine Notizbücher und Zettel genügten ihm völlig.

Die Sicherheitsleute reagierten natürlich etwas verschnupft, weil Sir Richard ihre Kopf-kürzer-Lösung abgelehnt hatte. Sie ließen Wiesenhafen in den folgenden Tagen nicht aus den Augen, wenn er mit Block und Bleistift bewaffnet am Strand entlanglief oder durchs Unterholz stapfte. Sehr zu ihrem Unwillen konnten sie aber nichts Verdächtiges an ihm finden.

Mit den Inselbewohnern kam Wiesenhafen gut zurecht, er amüsierte sie, wenn er sie hin und wieder als Publikum nutzte und ihnen Vorträge hielt, weil er beispielsweise eine merkwürdig gesprenkelte Eierschale gefunden hatte. Nur Elvis mied Wiesenhafen. Er wusste, dass der Professor nichts Falsches getan hatte, er hatte kein Recht, ihm böse zu sein, aber er schien mir doch ein wenig eingeschnappt. Am meisten kümmerte sich Michael um Wiesenhafen. Und obwohl er sich selbst für Muscheln begeistern konnte, war er sich nun sicher, dass er sein Hobby niemals so fanatisch wie der Professor betreiben würde.

So weit, so gut. Für mich selbst hatte der D-Day allerdings denkwürdige Folgen, die mich noch heute seufzen lassen und von denen ich Ihnen berichten muss.

Als ich am Morgen nach Wiesenhafens Willkommensfrühstück aufstand, fühlte ich mich wie gerädert. Mir schwirrte der Kopf, und ich merkte, dass irgendetwas in mir aus dem Gleichgewicht geraten war. Als wollte etwas in mir vor sich selbst davonlaufen. Nachdem ich den Sonnengruß zwölf weitere Male wiederholt hatte, fühlte ich mich zwar etwas besser, und das körperliche Unwohlsein war verflogen, aber in meinem Kopf nisteten hartnäckige Zweifel. Was war los mit meiner Routine, meiner Professionalität? Wo war sie hin, meine jahrzehntelang geschulte Souveränität? Mein Selbstbild hatte tiefe Kratzer abbekommen, die sich nicht in ein paar Stunden wieder aufpolieren lassen wollten. Vielleicht musste ich aber auch einfach nur erkennen, dass ich meinem Alter langsam, aber sicher Tribut zu zollen hatte.

Ich fühlte mich als Versager, denn ich hatte in einer entscheidenden Krisensituation falsch kommuniziert. Offenbar hatte ich, was mir so noch nie passiert war, eine falsche Tonart angeschlagen und die Inselbewohner in eine viel größere Alarmbereitschaft als nötig versetzt. Und vor allem: Ich hatte nicht verhindern können, dass sie sogar einen Aufstand gegen Sir Richard und die Organisation in Betracht gezogen hatten.

Mantraartig sagte ich mir immer wieder: Ruhig, Adschei, ruhig, ist ja alles noch mal gut gegangen. Aber es nützte wenig, die Bilder der vorangegangenen Tage spulten sich vor meinem inneren Auge wieder und wieder ab.

In der Woche nach Wiesenhafens Ankunft stattete Sir Richard unserer Insel einen Besuch ab. Und er ließ mir sofort, nachdem er gelandet war, ausrichten, dass er mich gleich am Nachmittag zu einem Gespräch unter vier Augen im *Staff Village* zu sehen wünsche. Sofort nahm mein Gedankenkarussell Fahrt auf. Normalerweise ergaben sich unsere Gespräche zufällig, wenn wir uns über den Weg liefen. Bei festen Verabredungen waren meistens Kollegen oder Bewohner mit dabei. Was konnte er wollen? Etwas Ernstes?

Es gibt Leute, die sagen, Inder hätten auch deshalb so viele Götter, damit sie im wirklichen Leben niemanden bewundern müssen, aber auf mich trifft das nicht zu. Sir Richard gehört zu den Menschen, die ich von ganzem Herzen bewundere und verehre. Er ist Unternehmer, er hat sogar schon Plattenfirmen und Fluglinien gegründet und zum Erfolg geführt. Dabei sprudelt er noch immer über vor Ideen. Am meisten fasziniert mich an Sir Richard seine Schnelligkeit, sein zupackendes Wesen. Die Stärke unserer Bewohner bestand in ihrem ersten Leben darin, Träume zu verkörpern. Männer träumten von Frauen wie Marilyn, Frauen wollten einen Typen wie Elvis. Sir Richards Stärke liegt auf einem anderen Gebiet: Er macht Träume wahr. Seine eigenen und die von anderen. In seinem Denken existieren anscheinend keine Grenzen. Einmal erzählte er mir von einer Vision: Er möchte Menschen in den Weltraum bringen, also keine Astronauten. Sondern Menschen wie Sie und mich! Wenn er an etwas glaubt, dann schafft er es auch. Auch wenn sein umtriebiger Lebensstil nur selten Besuche bei uns zulässt, hat mich Sir Richard sehr geprägt.

Vor einiger Zeit – ich glaube, es war zu meinem vierzigjährigen Dienstjubiläum – sagte er zu mir, ich solle ihn in Zukunft doch einfach Richard nennen. Ohne »Sir«, sondern so, wie sich Freunde untereinander ansprechen. Aber ich bin doch lieber bei »Sir« geblieben. Selbst wenn ich über ihn nachdenke, nenne ich ihn in Gedanken immer nur Sir Richard. Diese Nuancen in Fragen der Förmlichkeit hindern uns aber nicht, vertraulich und offen miteinander zu reden.

Als ich im *Staff Village* ankam, wartete Sir Richard schon in seiner Bürohütte auf mich. Ich ging die Holzstufen nach oben und betrat den großen quadratischen Raum. Er saß an seinem Schreibtisch, hinter ihm wehten zwei dünne weiße Stoffvorhänge im Wind. Bei ihm stehen Tür und Fenster immer offen. Freundlich lächelte er mich an.

»Hallo, Adschei«, begrüßte er mich.

»Guten Tag, Sir«, entgegnete ich mit einer leichten Verbeugung.

»Schön, dich zu sehen. Komm, wir setzen uns hierhin.«

Neben seinem Schreibtisch steht eine gigantische weiße Sitzlandschaft, die wir nun ansteuerten. Während Sir

Richard sich lässig in einem Sessel zurücklehnte, blieb ich am Sofarand auf der Kante sitzen.

Er sprach zunächst über das Wetter während seines Flugs. Ich konnte nicht richtig zuhören, nestelte an der Bundfalte meiner Hose. Adschei, sagte ich mir, das ist ein ganz normales Personalgespräch zwischen zwei erwachsenen Leuten, er wird dir schon nicht den Kopf abreißen, frag ihn einfach geradeheraus, was los ist.

»Also …«, wollte ich den Anfang machen. Was allerdings zeitgleich mit einem »Also« von Sir Richard über meine Lippen kam. Wir mussten beide schmunzeln.

»Sie zuerst, Sir Richard«, sagte ich. »Was Sie zu sagen haben, ist bestimmt wichtiger.«

»So kenne ich dich, mein lieber Adschei. Immer zuvorkommend und zurückhaltend«, sagte Sir Richard. Er sah mich eindringlich an, hob seine Hände vor den Bauch und drückte die Fingerspitzen gegeneinander. »Adschei, wir arbeiten nun über zwei Jahrzehnte zusammen, und du bist seit sage und schreibe mehr als fünf Jahrzehnten auf dieser Insel. Du bist zu ihrem Herzstück geworden, und du bist ihr Gedächtnis. Ohne dich wäre die Insel niemals zu dem geworden, was sie für ihre Bewohner heute ist.«

Ich schwieg. Warum wurde Sir Richard so feierlich?

»Mein Vertrauen in dich ist riesig, Adschei. Seit ich die Leitung übernommen habe, hat es niemanden hier gegeben, dessen Ratschläge mir so willkommen und hilfreich gewesen sind. Und weißt du was?«

Ich sah ihn fragend an.

»Als ich hier anfing, kam es mir manchmal so vor, als wäre nicht ich der Chef. An manchem Abend habe ich gedacht: Jetzt hat dir Adschei nicht nur erklärt, wie die Dinge hier auf der Insel laufen, sondern du hast ganz nebenbei auch noch was über das Leben gelernt. Manchmal kam ich mir vor wie ein Lehrling.«

»Wenn ich mir eine Bemerkung erlauben darf, Sir – das haben Sie damals aber gut verheimlicht.«

»Jetzt kann ich's dir ja sagen.«

Sir Richard stand auf und trat ans offene Fenster, stützte sich auf den Sims und sah nach draußen, wo zwischen den Farnen und Palmen azurblau das Meer durchschimmerte. Was hatte dieses »jetzt« zu bedeuten? Ich versuchte, sein Gesicht zu sehen, doch er rührte sich nicht und sprach sinnierend weiter, mit dem Rücken zu mir.

»Erinnerst du dich noch an die Geschichte vor zehn Jahren, als uns Elvis ausgebüxt ist? Und an die ersten Tage von Michael, als er sich nicht davon abhalten lassen wollte, sich selbst eine Hütte direkt am Strand zu zimmern, und nachts zwei Palmen gefällt hat?« Sir Richard drehte sich um und sah mich an. »Wenn man es sich so vor Augen führt – wirklich enorm, was wir alles zusammen gemeistert haben!«

Ich verstand nicht, worauf er hinauswollte. Warum holte er so weit aus? Wollte er eine Standpauke in freundliche Worte verpacken?

»In der Tat, Sir Richard. Aber wenn Sie gestatten: Sie wollen doch sicher auf die Ereignisse der letzten Woche hinaus, all das Chaos um den Professor …« Ich räusperte mich dezent. »Sir Richard, mir ist selbstverständlich klar, dass ich nicht ohne Fehler bin. Ich mache mir seit Tagen Vorwürfe und weiß wirklich nicht, was da nur los war mit mir.

Wenn Sie an meiner Arbeit etwas auszusetzen haben, dann möchte ich Sie bitten, es mir sofort zu sagen. Oder wenn da sonst noch etwas ist … Ich kann Kritik vertragen.«

Sir Richard blickte mich erstaunt an, machte zwei Schritte auf mich zu. Und schwieg.

»Sie haben mich doch sicher nicht herbestellt, um mit mir über die letzten Jahrzehnte zu sprechen.«

»Hm«, machte Sir Richard und setzte sich wieder in den Sessel. »Eigentlich wollte ich ja eine kleine Rede halten, aber wenn du es lieber direkt hören willst, Adschei, dann gern: Wir sind mit deiner Arbeit mehr als zufrieden, doch wir denken auch, dass du dir einen geruhsamen Lebensabend verdient hast. Deshalb möchte ich dir vorschlagen, dass wir gemeinsam darüber nachdenken, wie wir bald die Frage deiner Nachfolge regeln.«

Es dauerte eine Weile, bis diese Worte in mein Hirn vordrangen. Geruhsamer Lebensabend? Nachfolge? Ich schluckte. Sir Richard merkte, dass es mir nun doch etwas zu schnell gegangen war.

»Du weißt, Adschei: Alles geht einmal zu Ende«, sagte er. »Und das ist wunderbar so, denn nur dann kann etwas Neues beginnen. Auch wenn wir uns das beide heute noch schwer vorstellen können, wird es für dich bestimmt noch etwas völlig anderes außer deinem Job hier geben. Wenn uns diese Insel eines lehrt, dann doch wohl Folgendes: Niemand muss bis an sein Ende Übermenschliches leisten.« Von der Weitsichtigkeit und vor allem der Bedeutung dieser Worte ahnte ich zu diesem Zeitpunkt noch nichts.

Ich nickte, konnte aber nichts sagen.

»Vielleicht klingt das Wort ›Ruhestand‹ in deinen Ohren

noch etwas ungewohnt, aber du wirst dich sicher mit dem Gedanken anfreunden.« Sir Richard ging zu seinem Schreibtisch. »Du hattest auch vor deiner Ankunft hier ein Leben mit schönen Momenten. Manchmal lassen sich alte Verbindungen wieder aufnehmen … und man erlebt ungeahntes Glück.«

Was meinte Sir Richard mit dieser Andeutung?

»Alles zu seiner Zeit, Adschei. Jedenfalls hat meine Entscheidung nur wenig mit der Wiesenhafen-Geschichte zu tun, das sollte dir bewusst sein. Klar, es hätte ein wenig geräuschloser vonstattengehen können. Und vielleicht bist du nicht mehr so fix wie in deiner Blütezeit. Aber im Großen und Ganzen hast du die Situation doch prima gemanagt.«

Ich zuckte mit den Schultern. In den letzten Monaten war mir selbst aufgefallen, dass ich nicht mehr in allen Punkten so perfekt und gründlich wie in meinen besten Jahren war. Dass mich dieselben Aufgaben mehr anstrengten als früher. Dass ich mehr Energie für die gleiche Qualität aufbringen musste. Dass ich Kleinigkeiten vergaß. Anfangs konnte ich es vor mir selbst kaum zugeben, ich verdrängte es – und ohnehin gab es niemanden, mit dem ich darüber hätte sprechen können.

Dass ich Ihnen hier so freimütig von meinen Schwächen berichte, zeigt mir eine Sache, die man sich täglich ins Gedächtnis rufen sollte: Man ist niemals zu alt, um die Dinge neu zu sehen und dazuzulernen.

Es beunruhigte mich jedoch in dem Moment sehr, dass der Knick in meiner Leistungskurve offenbar auch schon außerhalb der Insel aufgefallen war. Sir Richard war Perfektionist, er erwartete von anderen wie von sich selbst immer nur Bestleistungen. Er hatte sich wieder hinter seinen Schreibtisch gesetzt, ich sah ihn an.

»Natürlich müssen wir die Frage deiner Nachfolge ganz in Ruhe klären und …«

»Lassen Sie sich so viel Zeit, wie Sie brauchen«, unterbrach ich ihn. »Ich werde mich noch mehr anstrengen und bleibe so lange hier, bis Sie einen geeigneten Mann gefunden haben.«

Meine Gedanken rasten: Wer sollte auf der Insel meinen Platz einnehmen? Nach mir war Sudesh am längsten hier. Ein netter Kerl, zuverlässig, aber er zeigte keinerlei Ambitionen, mehr Verantwortung zu übernehmen. Auch die anderen – sie waren alle gut in dem, was sie taten, aber das gewisse Fingerspitzengefühl und der nötige Überblick fehlte ihnen. Ich habe bestimmt niemals unter einer Art Chefsyndrom gelitten. Es gibt ja genug Vorgesetzte, die sich für unersetzbar halten – bis zu dem Tag, an dem sie einfach ausgetauscht werden, ohne dass sich sonst irgendwas ändert. Davon war ich weit entfernt. Aber hier war die Lage eindeutig: Auf unserer Insel war mein Nachfolger nicht zu finden.

»Adschei, sei unbesorgt. Das wird sicher noch alles eine Weile dauern«, sagte Sir Richard. »Außerdem würde ich diese Entscheidung niemals ohne dich treffen. Deine Menschenkenntnis ist überragend. Und niemand weiß besser als du selbst, welche Fähigkeiten es für deinen Job braucht.«

»Danke, Sir«, sagte ich leise.

»Nein, Adschei, wenn hier jemand zu danken hat, dann bin es ich – und jeder einzelne unserer Bewohner.«

8

Ruhestand? Ich? Diese beiden Worte musste ich erst einmal lernen, in einen Gedanken zu bringen. Sie passten für mich nicht zusammen. Dem guten Leben auf der Insel und ihren Bewohnern zu dienen, das war mehr als eine Aufgabe. Es war mein Leben. Seit Jahrzehnten. Und nun sollte sich das bald ändern? Unvorstellbar.

In den Tagen nach dem Gespräch mit Sir Richard grübelte ich oft. Immerhin hatte er mir zugesichert, dass ich über meinen Nachfolger mitentscheiden durfte. Und das würde ja nicht so schnell gehen.

Ich dachte aber auch an früher, daran, wie ich auf die Insel gekommen war. Daran, was ich alles gelernt hatte. Ja, ich wurde ein wenig melancholisch. Dachte an mich selbst als junger Mann. Und an Marilyn, die in all den Jahren zu meiner engsten Vertrauten geworden ist. Streng genommen muss ich sagen: zu meiner einzigen echten Vertrauten. In meinem Job ist eine gewisse Distanz in zwischenmenschlichen Beziehungen leider – oder manchmal auch zum Glück – notwendig. In dieser Zeit der Unsicherheit aber war mir klar, dass Marilyn die Einzige war, die ich einweihen konnte. Die Einzige, von der ich ein wenig Rat und Trost erwarten durfte. Warum gerade sie, fragen Sie nun vielleicht.

Ich muss nun etwas weiter ausholen und Ihnen erzählen, wie Marilyn zu dem besonderen Menschen für mich wurde, der sie heute ist. Sie werden danach auch besser verstehen, warum und wie diese Insel zu einem Rettungsanker für Stars in Not werden kann. Zwei Begegnungen in der frühen Zeit unserer Bekanntschaft waren einschneidend, ganz besonders, unglaublich – sie haben unsere Beziehung geprägt.

Meine erste Begegnung mit Marilyn liegt mehr als ein halbes Jahrhundert zurück, aber ich habe sie noch so vor Augen, als wäre es gestern gewesen. Diese Momente haben sich unauslöschlich in mein Gedächtnis gebrannt.

Ich hielt ein Glas grünen Tee mit großen Ingwerstücken in der Hand. Es muss so gegen sieben Uhr morgens gewesen sein. Ich hatte die erste Nacht auf der Insel verbracht und war verständlicherweise nervös, dementsprechend schlecht hatte ich geschlafen. Ich wusste nur, ich hatte jetzt einen außergewöhnlichen, sehr gut bezahlten Job auf einer dünn besiedelten Insel. Und man hatte mir gesagt, ich solle ihn mir ungefähr wie den eines Hotelpagen vorstellen. Mehr hatte man mir vorerst nicht erzählt.

Ich muss hinzufügen, dass ich damals wegen einer unglücklichen Geschichte ziemlich verzweifelt war. Ich wollte nichts mehr von der Welt wissen, und sie sollte auch nichts mehr von mir hören. Meine Zukunftspläne waren durcheinandergebracht worden, und ich war froh, mich unsichtbar zu machen. Man hatte mir gesagt, dass ich mich für diesen Job von meinem bisherigen Leben verabschieden musste. Über die Folgen dieser endgültigen Entscheidung war ich mir zu diesem Zeitpunkt nicht bewusst. Ich wusste nicht, *was* mich erwartete und schon gar nicht *wer* …

So ging ich also an diesem Morgen vor gut fünf Jahrzehnten zum Strand, kaute auf einem Ingwerstückchen und versuchte, mich in dieser idyllischen Umgebung zurechtzufinden. Die Sonne ging auf, und die leichte Brise tat mir gut. Ich war am Weststrand und entdeckte eine kleine Strandbar, die mir als Orientierungspunkt diente. Die Brandung war sanft, die Wellen spülten kleine, sich kräuselnde Schaumlawinen an den Strand. Die Sonne zeigte sich allmählich, die Strahlen wärmten schon angenehm.

Ich hatte das Gefühl, der einzige Mensch auf der Welt zu sein. Mir war an diesem Morgen auf der Insel noch keine Menschenseele begegnet. Ich genoss es, weil ich sofort spürte, dass man es an diesem Ort gut mit sich selbst aushalten konnte. Wenn sich noch niemand um mich kümmert, dachte ich, dann werde ich mich selbst umschauen. Ich werde mir einen Überblick über die Insel verschaffen und sie ganz wie Robinson erkunden und für mich in Besitz nehmen.

Also ging ich weiter an der Wasserkante entlang und gefiel mir mehr und mehr in meiner Entdeckerrolle. Plötzlich sah ich im Sand einen Fußabdruck. Und noch einen. Und dann noch einen. Ich war offenbar nicht allein am Strand. Es musste ein kleiner, zierlicher Fuß gewesen sein, der hier seine Spuren hinterlassen hatte. Er schien von einer Frau zu stammen.

Und als ich aufsah, entdeckte ich ganz hinten am Strand die Silhouette einer Frau. Ich ging auf sie zu. Sie stand am Wasser und tat nichts. Tatsächlich nichts. Man kann leicht behaupten, jemand tue nichts, aber das stimmt nur selten. Entweder schaut man irgendwohin, oder man kratzt sich oder schlendert umher – aber diese Frau tat tatsächlich rein gar nichts. Sie stand einfach am Strand, hatte die Augen geschlossen, und ihr ganzer Körper strahlte einen Zustand größter Entspannung aus. Ihre Arme hingen einfach herunter, und nur der Wind brachte eine leichte Bewegung in dieses Stillleben, indem er ihr Haar und ihr Kleid flattern ließ.

Ich war überwältigt. Minuten zuvor hatte ich mir vorgestellt, der einzige Mensch auf dieser Insel zu sein. Und nun sah ich die Traumfrau von Millionen Männern vor mir. Ich rieb mir die Augen. Das konnte nicht sein, das durfte nicht sein – aber seltsamerweise schossen mir Fragen wie »Ist das wirklich …?« oder »Sieht sie nicht tatsächlich aus wie …?« nicht durch den Kopf.

Ich war vielleicht noch zehn Meter von ihr entfernt, als sie sich plötzlich zu mir umdrehte. Ich hatte keinerlei Geräusch von mir gegeben oder versucht, ihre Aufmerksamkeit auf mich zu lenken. Ihre Bewegung, so kommt es mir im Rückblick vor, war wie eine Reaktion auf eine Regieanweisung. Ihr Blick traf den meinen.

Es war definitiv Marilyn Monroe. Begegnete ich gerade einem Geist? Träumte ich? War ich verrückt geworden und halluzinierte? Mein Herz schlug heftig, und mir wurde ein bisschen schwindlig. Ich flehte meinen Körper an, mich auf jeden Fall bei Bewusstsein zu halten.

Sie kam langsam und zielstrebig auf mich zu, richtete

dabei unverwandt ihren Blick auf mich. Wie in Zeitlupe lief sie am Strand entlang. Etwa zwei Meter von mir entfernt blieb sie stehen, und ich hörte sie nur sagen: »Hi, ich bin Norma. Und wer bist du?«

»A-a-a-a …«, ich musste tief Luft holen. »Adschei.«

»Adschei«, sagte Marilyn. »Willkommen, schön, dich zu treffen. Ist das nicht ein wunderbarer Morgen?«

Sie strahlte eine unglaubliche Ruhe aus, sie trat mir offenbar von der ersten Sekunde an ganz selbstverständlich und offen entgegen. Denn wenn man die Fakten nüchtern betrachtet, hätte ich ja alles Mögliche sein können – ein Eindringling, ein Verrückter oder sonst irgendwie gefährlich. Nichts dergleichen schien sie zu fürchten. Von dieser Sekunde an bewunderte ich sie, und diese Bewunderung hat sich bis heute gehalten.

Doch bis eine freundschaftliche Nähe und Verbundenheit zwischen uns entstand, dauerte es noch ein paar Jahre. Entscheidend war dabei ein Tag Anfang der siebziger Jahre. Die Anfangszeiten, in denen ich vor Hochachtung noch beinahe erstarrte, wenn ich Marilyn begegnete, waren damals schon vorbei, aber natürlich wahrte ich noch immer den gebührenden Respekt. Eines Morgens beobachtete ich, dass sie einen der Sicherheitsmänner mit einer herzlichen Umarmung an ihrer Tür verabschiedete. Er war erst seit wenigen Tagen auf der Insel, ich hatte mitbekommen, dass er Rick oder Nick oder so ähnlich hieß. Wie konnte Marilyn ihm nach kurzer Zeit schon so nahestehen? Sie wirkten wie alte Bekannte. Mein unmittelbarer Reflex war, so zu tun, als hätte ich nichts bemerkt.

Doch als ich diskret auf ihre Veranda trat, um die Polster

der Liegestühle auszutauschen, bat Marilyn mich, eine kurze Pause einzulegen. So nachdrücklich und ernst, wie sie das sagte, war mir gleich klar, dass sie etwas Bedeutsames loswerden wollte. Es ging um ihren Besucher.

»Ich habe bemerkt, dass du mich eben beobachtet hast. Und ich finde, es ist an der Zeit, dass du die Wahrheit erfährst. Dieser Mann, Adschei«, sagte sie, »hat mir das Leben gerettet.«

Marilyn sah mich an. Es dauerte eine Weile, bis ich verstand.

»Sie meinen …«, begann ich.

»Ja«, erriet Marilyn meine Gedanken. »Er war dabei, als ich mein altes Leben in der Welt da draußen verlassen habe.«

Ich nickte, schaute zu Boden und wusste nicht, wohin mit meinen Händen.

»Mein treuer Freund, ich möchte mich bei dir bedanken, dass du mich voller Respekt in all den Jahren nicht ein einziges Mal nach meiner Vergangenheit gefragt hast. Du warst immer für mich da und hast nicht einmal nach der Nacht gefragt, in der ich mein altes Leben verlassen habe. Möchtest du nicht wissen, wie das alles passiert ist?«, fragte sie.

Ich schwieg zunächst. »Nun«, antwortete ich dann, »wenn es Ihnen wichtig gewesen wäre, hätten Sie mir sicher davon erzählt.«

Ein freundliches Lächeln huschte über Marilyns Gesicht, als sie jetzt meine Hand nahm. Ich bekam weiche Knie. Natürlich war ich ungeheuer neugierig – ich wusste, dass es Bücher, Filme und Artikel gegeben hatte, die sich mit nichts anderem beschäftigten als jener verhängnisvollen Nacht im August 1962, in der Marilyn aus dem Leben schied.

»Mein lieber Adschei«, sie hielt noch immer meine Hand und blickte mir in die Augen. »Ich *möchte* dir jetzt davon erzählen, es ist mir wichtig«, sagte sie. »Es tut mir gut, wenn ich jetzt – zehn Jahre später – darüber sprechen kann. Mit einem Menschen, von dem ich weiß, dass er ein Geheimnis für sich behalten kann.«

»Na gut«, brachte ich schließlich heraus.

Dann erzählte sie mir alles. Von ihrer beispiellos erfolgreichen Karriere in den fünfziger Jahren, die dann in den frühen Sechzigern ins Schleudern geraten war. Wie dunkel die Schattenseiten waren, die Marilyn das Leben hinter der Glamourfassade erschwerten, hatte ich nicht geahnt – Suchtprobleme, Fehlgeburten und Affären. Mit John F. Kennedy und seinem Bruder Robert, den sie in ihren Erzählungen immer nur Bob nannte. Ganz ehrlich, mir war seltsam zumute, eine solch weltweit bekannte Geschichte aus ihrem Munde zu hören. Daran war nichts Sensationelles mehr, sondern die Dinge schienen einfach menschlich – eine Geschichte von Liebe, Sehnsucht und Enttäuschung. In ihrem Herzen war Marilyn immer ein Mädchen auf der Suche nach dem großen Glück geblieben, das plötzlich Umgang mit den mächtigsten Politikern der Welt hatte, deren Feinde ebenso mächtig waren. Eine außereheliche Affäre mit einer Schauspielerin wäre im prüden Amerika ein Riesenskandal gewesen. In der Politik wären Köpfe gerollt.

»Hatten Sie denn überhaupt keine Angst, unter die Räder zu kommen?«, fragte ich.

»Natürlich«, sagte sie und hielt kurz inne. »Aber ich hatte doch schon so viele Enttäuschungen hinter mir. Dass John mich zurückwies, habe ich irgendwie verkraftet. Letztendlich war mir auch klar, dass er Jackie niemals für mich verlassen würde. Aber als Bob mir versprach, dass er mit mir ein neues Leben beginnen wollte – da habe ich ihm geglaubt.«

Marilyn liefen die Tränen hinunter, sie kullerten über ihre Wangen, und sie schämte sich ihrer nicht. Ich reichte ihr ein Taschentuch.

»Man muss doch vertrauen können«, sagte sie. »Ohne Vertrauen gibt es keine Liebe.«

Ende Juli 1962 war sie in eine Lodge am Lake Tahoe eingeladen worden. Das Haus gehörte Frank Sinatra und dem Mafiaboss Sam Giancana. Eigentlich schon ein schlechtes Omen, dachte ich, aber Marilyn sagte, sie habe zu diesem Zeitpunkt noch an das Gute im Menschen glauben wollen. Doch sei ihr schnell klargeworden, dass es bei dieser Zusammenkunft nicht darum ging, wie Robert Kennedy und sie ihre Beziehung öffentlich machen konnten, sondern dass sie schlicht und einfach zum Schweigen verdonnert werden sollte.

»Ich war traurig«, sagte Marilyn leise. »Ich war so unglaublich enttäuscht, ich fühlte mich einfach nur benutzt.«

Ihre Stimme klang zart, aber auch entschlossen.

»Diese Leute denken, dass Menschen – und vor allem: Frauen – nur Marionetten sind, die sie herumschubsen können, wie es ihnen gerade beliebt. Erst schmücken sie sich mit ihnen und machen ihnen Hoffnungen – aber wehe, sie werden nicht mehr gebraucht. Dann landen sie auf dem Abstellgleis und haben ihre Klappe zu halten. Oder noch schlimmer!«

Marilyn hatte sich nicht so einfach abschieben lassen

wollen. Sie kündigte für Montag, den 6. August 1962, eine große Pressekonferenz an. Dort wollte sie die Bombe platzen lassen. Es war ihr ganz egal, ob diese Aktion das Ende ihrer eigenen Karriere bedeuten würde. Sie stand zu ihren Fehlern und zu ihren Gefühlen. Ich weiß nicht, ob man es mir ansah, aber ich war von Marilyns Mut und ihrer Konsequenz sehr beeindruckt. Auch wenn sie ins Zweifeln geriet.

Hinzu kam, dass die Probleme bei den Dreharbeiten zu ihrem neuen Film *Something's Got to Give* immer größer wurden. Der Regisseur galt als ein Mann, der ein Händchen für schwierige Schauspielerinnen hatte, sagte aber schließlich, dass er so nicht weiterarbeiten könne.

»Der arme George«, sagte Marilyn leise. »Er hatte so an diesen Film geglaubt. Und ich ja auch. Aber es ging einfach nicht mehr.«

Nur bei einem großen Auftritt erfüllte Marilyn in dieser Zeit die Erwartungen, die die Welt an eine Diva stellte. Das war am 19. Mai 1962, als sie *Happy Birthday, Mr. President* für John F. Kennedy sang.

»Ich war aufgeregt und geblendet vom Scheinwerferlicht«, erzählte Marilyn. Am meisten hatte sie der schmierige Conférencier geärgert, der ihr einerseits schmeichelte, als er sie auf die Bühne rief mit den Worten: »Begrüßen Sie mit mir eine Frau, die so vielen so viel bedeutet.« Aber andererseits stellte er sie auch als die »Late Mrs. Monroe« vor, was ein ziemlich fieses Wortspiel war, denn »late« bedeutet einerseits »verspätet«, was zutraf, aber andererseits auch »verstorben«. In ihrer Existenzangst konnte Marilyn solche Anspielungen überhaupt nicht gebrauchen.

»Ich war so nervös, das kannte ich gar nicht von mir.

Sogar ein Textblatt habe ich mir hinstellen lassen.« Sie seufzte. »Nein, ich war wirklich in keiner guten Verfassung. Ich bekam riesigen Applaus, aber am Ende war ich einfach nur froh, dass es vorbei war. Und auch wenn es mir keiner glaubt, am meisten tat mir Jackie leid.« Sie schwieg einen Augenblick, bevor sie fortfuhr: »Die arme Frau war – Gott sei Dank – nicht in den Madison Square Garden gekommen, aber die ganze Welt muss doch gedacht haben: Was erlaubt sich das kleine Flittchen da …?«

Da Marilyn zu allem Übel an diesem Tag auch noch krankgeschrieben war, zogen die Fox Studios die Notbremse und kündigten den Vertrag mit Marilyn.

»Und das war das Ende Ihrer Karriere?«, fragte ich.

Nein, das war es noch nicht. Man einigte sich noch auf einen letzten Versuch. Der Film sollte fertiggestellt werden. Und um jedes Risiko zu vermeiden, bestand das Filmstudio darauf, dass im Notfall ein Körperdouble von Marilyn Szenen übernehmen würde.

»War das nicht sehr demütigend?«, fragte ich.

»Nein, das gar nicht«, entgegnete Marilyn. »Du glaubst gar nicht, wie oft in Filmen mit diesem Hilfsmittel gearbeitet wird.«

Am 4. August 1962 wurden zwei potenzielle Doubles zu Marilyn nach Hause eingeladen. Dieses Treffen durfte natürlich nicht offiziell auf dem Studiogelände stattfinden, sondern sollte möglichst unauffällig und schnell über die Bühne gehen.

Marilyn machte eine kurze Pause, sah zu Boden und trank einen Schluck Kokostee. Ich spürte, wie sehr sie die Geschehnisse auch nach all den Jahren noch aufwühlten.

»Möchten Sie mir vielleicht später mehr erzählen?«, fragte ich. Mir war klar, dass jetzt die Beschreibung des verhängnisvollen Tages folgen würde.

»Nein«, sagte Marilyn bestimmt. »Ich möchte, dass du alles erfährst. Ob die Menschheit jemals die Wahrheit erfährt, das ist mir egal, aber zumindest du sollst alles wissen.«

Und dann legte sie los. Ich hatte Mühe, der Erzählung in all ihren Wendungen zu folgen. Zum einen, weil mir die ganze Geschichte so unerhört vorkam, zum anderen, weil ich mir immer wieder ins Gedächtnis rief, was für Seelenqualen Marilyn dabei durchgemacht haben musste.

Gegen halb zehn war eine Doublekandidatin erschienen, die allen Ansprüchen gerecht wurde, und Marilyn war froh, dass dieser Punkt damit endlich geklärt war. Marilyn mochte ihr Double Emmy. Sie begann mit ihr zu plaudern und füllte die Sektgläser.

»Dass wir endlich ein Double gefunden hatten, musste natürlich gebührend gefeiert werden.«

»War Ihnen wirklich nach Feiern zumute?«, fragte ich.

»Na ja, sagen wir es mal so: Partys waren inzwischen das Einzige, was mein Leben noch erträglich machte.«

Ich erkannte immer mehr das gesamte Ausmaß. Marilyn erzählte weiter. Sie war in Hochform und Partylaune gewesen. All die Probleme und Enttäuschungen schienen in diesem Moment vergessen. Sie ahnte nicht, dass die Vorbereitungen auf Hochtouren liefen, sie in dieser Nacht für immer zum Schweigen zu bringen.

Marilyns Haushälterin wollte gerade zu Bett gehen, als Marilyn sie bat, frisches Bettzeug und Handtücher ins Gästehaus zu bringen – Emmy würde über Nacht bleiben.

Die Party ging noch eine Weile weiter, dann legten sich auch Marilyn und Emmy schlafen.

Kurz nach Mitternacht kam die Haushälterin in Marilyns Zimmer und weckte sie mit den Worten: »Mrs. Monroe, Mrs. Monroe, wir hatten Einbrecher im Haus!«

»Es dauerte eine Weile, bis ich wach wurde«, erinnerte Marilyn sich. »Und als die Haushälterin meine Pillendosen auf dem Nachttisch gesehen hat, muss sie wohl für einen Augenblick das Schlimmste befürchtet haben.«

Doch das Schlimmste sollte noch kommen.

Marilyn kam erst überhaupt nicht zu sich, aber die Haushälterin hatte nicht lockergelassen. Endlich bekam sie Marilyn aus dem Bett, und sie bewegten sich, wenn auch etwas wankend, in Richtung Flur. Sie machten Licht an, gingen durchs Haus, fanden aber nichts Auffälliges. Da sah die Haushälterin, dass im Gästehaus noch Licht brannte. Normalerweise hätte sie Marilyn zurück ins Bett geschickt, aber in dieser Situation war ihr selbst eine wackelige Marilyn als Begleitung lieber als gar keine. Sie gingen zum Gästehaus hinüber und klopften an die Tür.

»Dort brannte Licht«, sagte Marilyn. »Aber niemand rührte sich. Die Haushälterin klopfte, und ich habe nach Emmy gerufen.«

Niemand hatte geantwortet. Die Tür war von innen verschlossen. Dann gingen die beiden Frauen zur Rückseite des Hauses.

»Und dann …«, begann Marilyn.

Ich war mir nicht sicher, ob ich das wirklich hören wollte. Aber ich wagte zu diesem Zeitpunkt nicht mehr, sie zu unterbrechen.

»Die Scheibe der Verandatür war eingeschlagen.«

Marilyn hatte durch die eingeschlagene Scheibe gegriffen und die Verandatür geöffnet. Dann hatten die beiden Frauen das Zimmer betreten.

Marilyn blickte mir jetzt direkt in die Augen, aber ich war mir nicht sicher, ob sie mich sehen konnte. Sie drückte meine Hände ganz fest, sie schien diese Momente noch einmal zu durchleben.

Ihre Stimme brach, als sie sagte: »Das Bett war völlig zerwühlt. Emmy nackt. Sie hatte anscheinend um ihr Leben gekämpft!«

Sie waren zu Emmy gerannt und hatten versucht, ihr zu helfen. Vergebens – Emmy war tot. Die Haushälterin entdeckte etwas auf dem Nachtisch. »Sehen Sie das?«, fragte sie.

Auf dem Tischchen lagen leere Tablettenröhrchen, sicher zehn oder zwölf Stück. Es war Nembutal, ein starkes Schlafmittel.

Da hörten die Frauen, wie ein Auto in der Einfahrt direkt vor dem Haus zum Stehen kam. Die Polizei konnte es nicht sein, keine der beiden hatte den Notruf gewählt. Die beiden waren starr vor Angst. Wo hätten sie sich verstecken, wie entkommen sollen? Zwei Männer kamen auf das Gästehaus zu, sie wirkten zielstrebig und wussten anscheinend ganz genau, wo sie hinwollten. Marilyn saß noch immer bei der toten Emmy auf der Bettkante, die Haushälterin stand mitten im Raum und starrte in Richtung der Männer. Sie gingen ohne Taschenlampen durch die Nacht, waren nun bei der Terrassentür mit der zerbrochenen Glasscheibe angelangt. Sie traten ein.

»Mrs. Monroe«, sagte der Erste, ohne sich vorzustellen.

»Man hat versucht, Sie zu töten. Wir bringen Sie jetzt weg von hier.«

Marilyn verstand nicht, sie stand unter Schock. »Nein«, sagte sie, »nicht mich. Diese Frau ist tot, sie heißt Emmy.«

»Mrs. Monroe«, sagte der Mann erneut. »Es ist jetzt wichtig, dass Sie genau das tun, was ich Ihnen sage.«

Die Männer waren von der CIA. Genauso wie Emmys Mörder. Die hatten eigentlich den Auftrag gehabt, Marilyn zu töten. Sie waren in das Haus eingedrungen. Da es wie ein Selbstmord aussehen sollte, waren Emmy mit Hilfe eines Einlaufs Unmengen von Nembutal eingeführt worden. So viel, dass es für etwa drei erwachsene Menschen gereicht hätte. Die leeren Pillendosen wurden als Beweismittel auf dem Nachttisch drapiert. Aber nach vollendeter Tat waren den Mördern Zweifel gekommen. Sie hatten erkannt, dass sie eine Frau getötet hatten, die im Haus von Marilyn Monroe schlief, aussah wie Marilyn Monroe, aber bei eingeschaltetem Licht ganz eindeutig nicht Marilyn Monroe war. Sie hatten den Tatort verlassen und ihre Vorgesetzten unterrichtet. Nun wussten mehrere Menschen bei der CIA von dem mörderischen Missgeschick …

»Und was ist dann geschehen?« Ich flüsterte fast.

»Irgendeine wichtige, eine sehr wichtige Person hat den Befehl gegeben, mich zu holen, mich aus der Schusslinie zu bringen«, fuhr Marilyn fort. »Selbstverständlich nicht offiziell. Ich habe mitbekommen, dass es bei der CIA eine Handvoll Männer gab, die mit dem Vorgehen der Regierung nicht immer einverstanden waren.«

Die beiden Männer, die sich um Marilyn kümmern sollten, mussten schnell sein, denn die Wahrscheinlichkeit, dass die Mörder zurückkommen würden, um ihren Fehler zu korrigieren, war hoch. Dass alles nach einem Selbstmord aussehen sollte, spielte ihnen in die Karten. Sie versuchten, den Eindruck noch zu verstärken. Das Bett wurde frisch bezogen, alle Kampfspuren beseitigt, und einer der Männer drückte Emmy den Telefonhörer in die Hand, damit es nach einem Abschiedstelefonat aussah. Wenn dann noch wichtige Leute bei der Obduktion neben dem Gerichtsmediziner stehen würden, die sagten: »Das ist Marilyn Monroe«, dann war das Marilyn Monroe.

Die echte Marilyn verließ mit den beiden Männern das Haus. Die Haushälterin hielt sich peinlich genau an alle Anweisungen, wählte um 4.25 Uhr den Notruf, und keine zehn Minuten später waren Notarzt und Polizei zur Stelle.

Der leitende Polizist vor Ort gab später zu Protokoll, er habe sofort beim Betreten des Raumes geahnt, dass hier etwas nicht stimmte. Aber auch weitere Widersprüche konnten nie geklärt werden. Und Marilyn verließ noch in jener Nacht das Land.

Als sie so weit erzählt hatte, nahm sie einen Schluck Tee und verstummte. Auch mir fehlten die Worte.

Die Welt glaubte seit jenem Tag, dass Marilyn Monroe tot war. Und von diesem Irrtum konnte ich mich seit Jahren tagtäglich überzeugen.

Ich war gerührt, dass Marilyn so offen mir gegenüber war, und vermutlich sah man mir das an. Aber warum sollte ich meine Gefühle verbergen? Was diese Frau durchgemacht hatte, war erschütternd.

»Jetzt kennst du meine Geschichte, Adschei. Und dieser Sicherheitsmann, den ich eben umarmt habe, war an diesem

Abend bei mir. Er war einer der beiden Männer, die mich hierher gebracht und mir somit das Leben gerettet haben.«

»Also, ganz ehrlich …«, begann ich. »Ich weiß nicht, was ich sagen soll.«

»Du brauchst überhaupt nichts zu sagen«, antwortete Marilyn und strich sich eine Haarsträhne aus dem Gesicht. »Mir ist klar, dass die Welt niemals die Wahrheit über mein Verschwinden erfahren wird. Sollen sie doch alle rätseln und grübeln. Ich habe mit meinem alten Leben ein für alle Mal abgeschlossen.« Sie lächelte mich an. »Ich wollte nur, dass du die ganze Geschichte kennst. Denn ich weiß, dass ich dir vertrauen kann. Und«, fügte sie hinzu, »du bist ganz bestimmt ein Mensch, der versteht, wie man sich in so einer Situation fühlt.«

Da lag sie richtiger, als sie ahnte. Ich erhob mich. »Vielen Dank für Ihr Vertrauen.« Ich verharrte noch einen Moment. Es herrschte diese seltene und besondere Stimmung, in denen die Stille untrennbare Bande schafft. »Brauchen Sie noch etwas, Mrs. Monroe?«

»Du kannst ruhig Marilyn zu mir sagen. Oder Norma. Wie du willst.«

»Ich weiß nicht, ob das angebracht ist, Mrs. Monroe«, entgegnete ich.

»Du weißt jetzt so viel über mich wie kein anderer Mensch auf dieser Erde«, sagte Marilyn, und ich war froh, dass sie wieder ein leichtes Lächeln zeigte.

Mit diesem Gespräch verabschiedete sich also Mrs. Monroe von mir, und meine Vertraute Marilyn trat in mein Leben. Das Gespräch liegt nun mehr als vierzig Jahre zurück – und doch ist es mir, als hätte es letzte Woche stattgefunden.

Ich habe nie auch nur ein Sterbenswörtchen mit jemandem auf der Insel darüber gesprochen, und ich denke, das war die richtige Entscheidung.

Nun werden Sie sicher besser verstehen, wie wertvoll unsere Insel als Zufluchtsort für Marilyn war und ist. Und Sie werden verstehen, warum ich darüber nachdachte, ihr von der bevorstehenden Suche nach meinem Nachfolger zu berichten.

Eine Bemerkung, die Marilyn am Ende ihrer Erzählung gemacht hatte, kam mir nach dem Gespräch mit Sir Richard wieder in den Sinn. Denn Marilyn hatte nicht nur gesagt: »Ich vertraue dir, Adschei«, sondern auch: »Und ich möchte, dass du weißt, dass auch du mir vertrauen kannst. Egal wann, egal wo. Ich möchte, dass du das weißt, Adschei.«

9

Wie jeden Abend hatte ich meinen Wecker auf 5.45 Uhr gestellt, und wie jeden Morgen brauchte ich ihn auch an diesem Tag eigentlich nicht. Ich war früh wach, ging auf die Veranda zum Sonnengruß, rasierte mich anschließend, trank meinen Tee und machte mein Bett. Das Schöne an Leinenbettwäsche ist die kühlende Eigenschaft des Stoffes. Gerade in den Sommermonaten wissen wir das hier sehr zu schätzen. Der Nachteil ist, dass Leinenbettwäsche bereits nach einer Nacht aussieht, als hätte eine Nashorn-Mama mehrere Stunden lang ihre Jungen in diesem Bett gesucht. Von wegen »Leinen knittert edel«. Leinen knittert, und zwar ganz furchtbar und völlig unedel. Bitte verzeihen Sie die Anmerkung, aber solche Details gehören zu meinem Beruf. Also nicht die Einrichtung von Nachtlagern für Nashornfamilien, sondern die Beschaffenheit verschiedenster Stoffe.

Mein kleiner Bungalow liegt im *Staff Village*. Hier wohne ich zusammen mit zweiundzwanzig anderen Angestellten.

Unsere Unterkünfte sind stilvoll eingerichtet, und in der Regel teilt man sich zu zweit einen Bungalow. Da ich aber hier nicht nur der Dienstälteste, sondern auch verantwortlich für das gesamte Personal auf der Insel bin, wohne ich alleine auf fast neunzig Quadratmetern.

Die Knitterlaken hatte ich bald gebändigt, den Kokostee zügig ausgetrunken. Nun war es höchste Zeit, meinen Arbeitstag zu beginnen.

Ich ging zu den Golfcarts, nahm die Nummer 4 von der Stromversorgung und fuhr in Richtung Oststrand, also dorthin, wo die Hütten unserer Bewohner stehen. Es hatte in der Nacht ausnahmsweise geregnet, und so war der Weg zum Oststrand noch mit kleineren Pfützen übersät, sodass es nach allen Seiten spritzte, wenn ich hindurchfuhr. Ich erreichte nach wenigen Minuten die Plaza. Dort stehen Bänke und Tische, Loungemöbel, und es gibt sogar ein kleines Restaurant. Das natürlich immer dann geöffnet hat, wenn einer unserer Bewohner vorbeikommt. Egal um welche Zeit. Hier treffe ich mich jeden Morgen mit den Kollegen zum täglichen Briefing. Jedes Anwesen – und damit jeder Bewohner – hat einen persönlichen Butler, der sich im Hintergrund hält, aber für ihn und die Hütte verantwortlich ist. Das betrifft sowohl das Aufräumen und Reinigen der Hütte als auch die Organisation der Mahlzeiten und aller weiterer Bestellungen. Jeder unserer Gäste hat seinen eigenen Tagesablauf, dem wir uns anpassen. Besonderes Essen an besonderen Orten zu besonderen Zeiten – das ist unser Tagesgeschäft. Wenn es beispielsweise Bob einfällt, dass er gerne um zwei Uhr nachts am Weststrand einen Guavensaft und gegrillte Marshmallows zu sich nehmen würde, obwohl er gerade von einem Barbecue bei John kommt, dann sorgen wir dafür, dass er nicht allzu lange darauf warten muss.

Die Tagesschicht und die Butler waren bereits an der Plaza eingetroffen. Ich parkte das Golfcart an der Ladestation und ging zu ihnen hinüber. Wir setzten uns auf niedrigen Hockern in einen Kreis und gingen den Tag durch. Wann wird in welchen Hütten gegessen? Wer hat heute Sport oder eine andere Aktivität angemeldet? Wer will segeln? Wohin muss der Techniker kommen, wo ist ein Essen zusammen mit anderen Bewohnern geplant und so weiter und so fort. In der Regel gehen wir diese Punkte durch, und dann machen sich alle früher oder später – je nachdem, wer ihr Schützling ist – zu den Hütten auf.

Ich fuhr an diesem Morgen zu Marilyn. Um ihr Wohlergehen kümmerte sich zwar auch noch mein Kollege Sudesh, aber sie bedachte ich verständlicherweise noch immer mit einer Extraportion Aufmerksamkeit. Während ich an ihre Tür klopfte, drehte ich mit der anderen Hand ihre Sandalen neben der Fußmatte um, sodass sie beim Verlassen des Hauses sofort hineinschlüpfen konnte. Außerdem kontrollierte ich, ob sich über Nacht vielleicht irgendwelche Tierchen eingenistet hatten. So mache ich es jeden Tag. Drinnen hörte ich jemand über den Teppichboden tapsen.

Ich klopfte noch einmal.

»Moment«, sagte sie. Unverkennbar Marilyn.

Dann öffnete sie die Tür. Wir lächelten uns an und spielten dann eins unserer Spielchen. Marilyn trug eine dunkelrote Cateye-Sonnenbrille. Jetzt ließ sie die Brille ein Stück nach unten gleiten und sah mich über den Rahmen verführerisch an.

»Was darf's denn sein, Fremder?«, hauchte sie.

Ich machte auf ratlos.

»Bitte entschuldigen Sie, Miss, eigentlich wollte ich Mrs. Monroe zum Sport abholen.«

Ich gebrauchte absichtlich »Miss« als Anrede. Der Dialog saß, war längst zu unserem Ritual geworden, und ich wusste, dass Marilyn dieser Part besonders gefiel. Ich machte weiter.

»Aber, aber ... ich konnte ja nicht wissen, dass ihre jüngere Schwester zu Besuch ist. Soll ich später wiederkommen?«

Marilyn nahm die Sonnenbrille ab und gab mir einen Klaps aufs Handgelenk.

»Du weißt genau, was eine Frau hören will, was?«

Ich zuckte mit den Schultern. »Vielleicht. Meine Eltern haben mir einfach beigebracht, dass man am besten immer die Wahrheit sagt.«

Sie hakte sich bei mir ein, was mir die Gelegenheit gab, galant zu wirken, und ihr die Möglichkeit, sich unauffällig ein bisschen abzustützen, während wir zusammen die Stufen zur Straße herunterstiegen.

»Was steht heute auf dem Programm?«, fragte Marilyn.

Natürlich wusste sie das selbst am besten. Obwohl sie vor kurzem neunzig geworden ist, treibt Marilyn immer noch regelmäßig Sport. Damit ist sie auf unserer Insel nicht allein. Bei uns sind alle ziemlich fit. Selbst Leute wie Amy und Kurt, die in ihrem früheren Leben nicht viel von Fitness gehalten haben, leben jetzt sehr bewusst. Die einzigen Ausnahmen sind Bob, für den es außer Fußball keinen Sport gibt, und neuerdings Professor Wiesenhafen, der zwar unheimlich viel weiß, aber in seinem Stammbaum wohl eine stattliche Riege Grobmotoriker haben muss.

Wir haben drei Fitnesstrainer auf der Insel, zwei Männer und eine Frau. Sie sind Mitte bis Ende zwanzig und Geschwister, die sich einen Bungalow teilen. Wie die drei auf die Insel gekommen sind, weiß ich nicht genau. Es lief jedenfalls anders als bei meinen anderen neuen Kollegen. Sie waren einfach eines Morgens da. Auf meinem Schreibtisch fand ich nur eine lapidare Notiz von Sir Richard, in der er mir mitteilte, dass die drei ab sofort als Fitnesstrainer auf unserer Insel wirken sollten.

Ihren Job machten sie von Anfang an richtig gut. Matt, der Älteste, soll früher ein Fußballprofi gewesen sein. Premier League, so munkeln einige Kollegen. Allerdings hat er das nie bestätigt oder verraten, in welchem Verein er gespielt hat. Als Fußballer ist er jedenfalls der geborene Sportpartner für John Lennon, der als eingefleischter Liverpool-Fan froh war, endlich wieder jemanden zum Kicken zu haben. Auch Bob Marley mag Fußball. Wobei der Vollständigkeit halber erwähnt werden sollte, dass John, mit einem dreiviertel Jahrhundert auf dem Buckel, Fußball mittlerweile am liebsten auf einer Spielekonsole zockt.

Bei uns auf der Insel wird nicht ehrgeizig gekickt. Es gibt keine richtigen Mannschaften, stattdessen wird der Fußball dem Alter der Spieler angepasst. Häufig stellen sich die Jungs im Kreis auf und halten einfach den Ball hoch, spielen ihn also zum Nachbarn, ohne dass er den Boden berührt. Lautstark wird mitgezählt, und ein neuer Rekord wird ähnlich euphorisch gefeiert wie ein heimischer Sieg an der Anfield Road in Liverpool.

Sehr beliebt ist auch das Zielschießen auf Kokosnüsse, die im optimalen Fall mit dem ersten Schuss getroffen werden. Nun sind Männer, ganz gleich welchen Alters, ständig auf der Suche nach neuen Herausforderungen. Beim Zielschießen, da waren sich alle Beteiligten einig, war noch Luft nach oben.

Das magische Wort hieß: bewegliche Ziele! Aber was kam dafür infrage? Eines schönen Tages, es war schon nachmittags, sah ich vom Strand aus in Richtung der Hütten. Zwischen Johns und Bobs Hütte hatten sich nicht nur die beiden Hausherren, sondern auch Matt eingefunden. Sie standen nebeneinander aufgereiht wie die Perlen einer Kette. Eigentlich war an dem Bild nichts Ungewöhnliches, lediglich die Tatsache, dass die drei nicht redeten und alle in dieselbe Richtung blickten, machte mich irgendwie stutzig. Vorsichtshalber machte ich mich auf den Weg zu ihnen, um meine Hilfe anzubieten, falls es ein Problem geben sollte. Ich ging auf sie zu und war fast bei ihnen angekommen, als ich den Fußball direkt vor Bob liegen sah. Nach einem ernsten Problem sah das nicht aus.

»Na, ihr drei, ist euch das Tor abhanden gekommen?«, fragte ich.

Matt und John drehten sich sofort zu mir um und blickten wie auf frischer Tat ertappt zu mir rüber, nur der Dritte im Bunde ließ sich nicht von mir stören. Bob schien unglaublich konzentriert. Da kam auf einmal ein Golfcart in voller Fahrt aus dem Gebüsch geschossen und fuhr im Höchsttempo an uns vorbei. Das Merkwürdigste war dabei, dass es anscheinend ganz ohne Fahrer auskam.

»Schiiiiiiiiiiiieß!«, brüllte John, der inzwischen wieder

den Blick nach vorne gerichtet hatte. Bob holte aus und schoss den Ball mit viel Gefühl in Richtung Golfcart. Der Ball drohte erst das Ziel zu verfehlen, um dann im letzten Augenblick eine Kurve zu nehmen und so tatsächlich mitten durch das Golfcart hindurchzufliegen. Das ging natürlich nur, weil so ein Gefährt zwar ein Dach, aber keine Türen hat. Bob fiel auf die Knie und riss die Arme hoch. John klatschte anerkennend Beifall, und Matt drehte sich zu mir um.

»Hast du das gesehen, Adschei, der würde jeden Freistoß aus zwanzig Metern über die Mauer zirkeln!«

Ja, das war wirklich ein echter Kunststoß, wie ich ihn noch nie gesehen hatte. Bob vollführte vor Freude ein kleines Tänzchen, riss sich sein T-Shirt vom Körper und warf sich in meine Arme. Über seine Rastalocken hinweg beobachtete ich, wie das Golfcart, wie von Geisterhand gelenkt, wieder zurückkam. Als es vor uns anhielt, erblickte ich schließlich die »Geisterhand«. Michael hatte sich in den Fußraum des Gefährts gequetscht und mit der Hand Gas gegeben. Er sah mich an wie ein Schüler, der gerade eine Scheibe pulverisiert hat und nun seinem Lehrer Rede und Antwort stehen muss. »Adschei, wir haben gerade über dich gesprochen«, sagte er. Ich musste schmunzeln und freute mich gemeinsam mit den Jungs über Bobs Sonntagsschuss. Ob ich mein Glück an diesem Tag auch noch versuchte, werde ich Ihnen allerdings nicht erzählen. Nur so viel soll verraten werden: Als Michael das Golfcart wieder Richtung Gebüsch fuhr, bestand die menschliche Perlenkette aus vier Personen … Immerhin – und das ist dann ein wirklich positives Fazit – ist es den Männern so gelungen, auch Michael für diesen Sport zu begeistern, der nämlich ansonsten lieber tanzt oder rückwärts übers Laufband schleicht.

Was Matts Geschwister angeht, so sind Lulu, die Mittlere, und Brad, das Nesthäkchen, beide sehr fit in Sachen Kampfsport, was für die Kollegen von der Sicherheit äußerst praktisch ist. Die beiden sind die perfekten Sparringspartner, zeigen den Sicherheitsleuten aber auch schnell ihre Grenzen im Nahkampf auf. Lulus Spezialität ist Taekwondo, Brad hat einen Schwarzgurt in Karate. Elvis fordert ihn ab und an zu Partnerübungen auf, was Brad allerdings zu vermeiden sucht. Denn nach einer kurzen Aufwärmphase gehen mit Elvis häufig die Pferde durch. Schaut man ihnen beim Training zu, sieht man ihn in leicht gebückter Haltung stehen, den rechten Fuß leicht vorgesetzt. »Los«, ruft Elvis dann, »greif mich an.«

»Nein, das werde ich nicht tun«, erwidert Brad daraufhin.

Sie ahnen sicher, wie sich die Sache weiter entwickelt. Elvis lässt nicht locker, bis Brad zupackt und der King auf dem Rücken landet. »Mist, ich hatte was im Auge«, sagt er dann und wird von Brad sofort wieder auf die Beine gestellt. In solchen Momenten schaut Brad zu mir rüber und macht ein ratloses Gesicht …

Vielleicht sollte ich bei dieser Gelegenheit noch ein bisschen was zur Fitnesssituation bei uns auf der Insel sagen. Natürlich ist das Alter an keinem unserer Gäste spurlos vorübergegangen, aber beim Training mit unserem Trainertrio vollbringen die Inselbewohner verblüffende Leistungen. Was einfach damit zu tun hat, dass bei uns nur das trainiert wird, was wirklich nützt.

Wenn Sie draußen in der Welt in ein gewisses Alter kommen und in Form bleiben wollen, können Ihnen zwei Dinge passieren:

Entweder Sie werden Mitglied im Fitnessstudio, wo Ihnen das Blaue vom Himmel versprochen wird, und wenn Sie dann mal Schwimmen gehen wollen, ist das Becken dauernd von Aquagymnastik-Kursen belegt. Das kann bei uns nicht passieren, weil nur Elvis und Marilyn in dieser Richtung Interesse zeigen.

Oder aber Sie gehen zu Ärzten, die Ihnen erzählen, dass Sie sich damit abfinden müssen, im Alter immer weiter zu verfallen und Schmerzen einfach dazugehören. Dazu werden Ihnen jede Menge Studien präsentiert, welche dann ganz zufällig darauf hinauslaufen, dass nur bestimmte Medikamente oder teure Kuren diesen Prozess aufhalten können.

Brad, der nicht nur athletisch ist, sondern auch eine echte Leseratte, hat mir einmal erklärt, warum das so ist. Studien solle man grundsätzlich misstrauen, meint er. Denn Studien sind teuer und haben Auftraggeber. Wenn also der Verband der Kartoffelbauern eine Studie in Auftrag gibt, bei der ermittelt werden soll, wie es um das Ansehen der Kartoffelbauern steht, dann wird bei der Studie kaum herauskommen, dass die dümmsten Bauern in dem Ruf stehen, die größten Kartoffeln zu haben. Und genauso läuft es laut Brad bei medizinischen Studien auch. Wer ein Medikament verkaufen will, bezahlt eine Studie, die die Notwendigkeit und Nützlichkeit genau dieses Medikaments belegt.

Was die Gebrechlichkeit im Alter betrifft, so solle man einfach sorgsam auf seinen Körper hören und ihm eine maßgeschneiderte Dosis an Bewegung und Sport zuführen. Dann lasse sie sich, so Brad, weitestgehend vermeiden.

Ob das nun alles zutrifft, weiß ich nicht, aber seitdem ich mit Brad trainiere, fühle ich mich nicht mehr wie über siebzig, sondern allerhöchstens wie ein ziemlich fitter Neunundsechzigjähriger. Wenn das so weitergehe, habe ich neulich zu Brad gesagt, dann fange ich am Ende noch mit Triathlon an.

»Ich habe gefragt, was heute auf dem Programm steht«, wiederholte Marilyn. Ich war wohl ins Träumen geraten.

»Lassen wir uns überraschen«, sagte ich schnell. »Ich bringe dich gleich hin.«

Sie stieg neben mir ins Golfcart, und wir fuhren los.

Ich ging davon aus, dass Elvis und Marilyn wie sonst bei ihrem Wassersport unter sich bleiben wollten, aber diesmal bat mich Marilyn, ihnen zuzuschauen. Warum? Das wollte sie mir nicht verraten.

»Aber ich verspreche dir, du wirst bei dieser Performance auf deine Kosten kommen.«

Marilyn hatte mir einmal gestanden, dass Elvis die Übungen im Pool eigentlich etwas peinlich waren. »Aquagymnastik« ist ja auch nicht gerade ein Begriff, den man mit dem King of Rock 'n' Roll in Verbindung bringt. Also hatte unser Fitnesstrio für diese Betätigung den Begriff *Power Water Action* erfunden. Das gefiel Elvis gleich viel besser, und auch Marilyn nannte den Sport seither lieber so. *Power Water Action*, das passte besser zu ihrer energischen Seite. Und selbst John hatte, als er davon hörte, respektvoll geschwiegen und sich seine üblichen Sprüche über die Senioren verkniffen.

Wir fuhren zu Elvis' Hütte. Er saß lässig auf den Stufen und wartete schon auf uns.

»Guten Morgen, King«, sagte ich.

»Morgen, Adschei«, antwortete er.

Elvis mochte es, wenn ich ihn mit »King« begrüßte. Nur Michael Jackson, der King of Pop, durfte dann nicht in der Nähe sein, damit es keine Eifersüchteleien zwischen den Majestäten gab.

Elvis warf seine Tasche hinter meinen Sitz und stieg ein. Während der Fahrt summte er einen Song, den ich nicht kannte. Beim Fitnesscenter wartete bereits Lulu, die für *Power Water Action* zuständig war.

»Alles klar, King?«, fragte sie.

»Könnte kaum besser sein«, sagte Elvis und begrüßte sie mit Handschlag. »Obwohl, da geht heute noch was.«

Lulu trug ein Headset, eng anliegende Leggins und ein Top, das einen Blick auf ihren Bauchnabel, ein kleines Piercing und die durchtrainierte Umgebung freigab. Marilyn hatte sich schnell umgezogen. Sie hatte damit gerechnet, wie sonst auf Elvis warten zu müssen, aber auch er war bald fertig.

Er trug keine Badehose oder Shorts, sondern eine Art Badeanzug, wie er in den zwanziger Jahren üblich gewesen war, mit Schulterträgern und Beinansatz, so wie Gewichtheber ihn noch heute tragen. Farblich war das Kostüm dem Anzug nachempfunden, mit dem er gegen Ende seiner Karriere in Las Vegas aufgetreten war: blütenweiß!

»Wie findest du mich, Babe?«, fragte er Marilyn.

Sie musterte ihn mit Kennerblick. »Etwas gewagt, Darling, aber du kannst so was tragen.« Sie schmunzelte.

»Sehe ich ganz genauso«, Elvis nickte kurz und zufrieden. »Also dann: Let's roll!«

Marilyn warf mir einen verstohlenen Blick zu, der besagte: So kenne ich meinen Wassersportpartner ja gar nicht.

Dann glitten beide in den Pool. Lulu warf ihnen jeweils eine neongelbe Poolnudel zu und schaltete die Musik an. *Hound Dog* erklang aus den Lautsprechern. Elvis nickte beifällig, kam langsam in den Groove und benutzte die Poolnudel als Luftgitarre. Aber schon war Lulu mit ihren Kommandos zur Stelle.

»So, Freunde, los geht's«, sagte sie, während sie am Beckenrand auf der Stelle marschierte. Im Wasser taten Marilyn und Elvis es ihr gleich.

»Wir beginnen mit dem Poolnudel-Twist.«

Marilyn und Elvis hielten ihre Poolnudeln vor sich auf der Wasseroberfläche und machten dazu mit geschlossenen Beinen Twistsprünge. Das sah bei Marilyn immer noch sehr elegant aus, aber Elvis war einfach die Bombe. Wo er mit seinen Hüften durch das Wasser pflügte, entstanden enorme Wellen. Marilyn konnte froh sein, wenn sie ihr nicht ins Gesicht schwappten. Man verstand sofort, weshalb der größte Rock-'n'-Roller aller Zeiten einst den Spitznamen »Elvis, the Pelvis« verpasst bekommen hatte.

Lulu feuerte ihre beiden Schutzbefohlenen an und applaudierte dann.

»Sehr gut, meine Freunde. Bevor wir zur nächsten Übung übergehen, eine kleine Verschnaufpause.«

Marilyn tätschelte dankbar die Wasseroberfläche, aber Elvis blieb in Bewegung und platschte voller Tatendrang mit seiner Poolnudel auf das nasse Element.

»Pause?«, empörte er sich. »Wieso Pause? Wir sind doch hier nicht im Altersheim! Weitermachen, bitte.«

Wieder warf mir Marilyn einen Blick zu und hob unauffällig ihren rechten Daumen in meine Richtung. War es meine Anwesenheit? Jedenfalls schien Elvis an diesem Tag ungeheuer motiviert.

Lulu freute sich ganz augenscheinlich, dass er so viel Enthusiasmus an den Tag legte. Neuer Song, neue Übung.

»Weiter geht's mit dem Hampelmann!«

Elvis schwenkte drohend die Poolnudel durch die Luft. »Vorsicht, junge Dame. Keine Beleidigungen.«

Lulu zwinkerte ihm zu. »So heißt sie nun mal, die Übung. Nicht ablenken, Mr. Presley, ich weiß, dass Sie den Hampelmann nicht besonders mögen. Wenn Sie wollen, können Sie auch einfach nur mit der Nudel Dehnübungen machen. Einfach rechts und links und rechts und …«

Elvis wedelte mit seiner Poolnudel. »Wann ich mit meiner Nudel Dehnübungen mache, bestimme ich immer noch selbst. Und nur weil ich den Hampelmann idiotisch finde, heißt das noch lange nicht, dass ich nicht locker fünf bis sechs Dutzend davon hinbekomme!«

Und prompt legte Elvis zu *Jailhouse Rock* noch eifriger los als zuvor, das Becken verwandelte sich in einen Whirlpool.

Wieder wechselten Marilyn und ich einen Blick. Konnte es tatsächlich sein, dass ein Einpersonenpublikum Elvis' Motivation dermaßen explodieren ließ? Vielleicht wollte er einfach nur Lulu gefallen?

Die zumindest freute sich darüber, wie Elvis sich ins Zeug legte. So engagierte Trainingsteilnehmer kamen ihr selten unter.

Nachdem die letzten Töne verklungen waren, war Marilyn froh, ein bisschen verschnaufen zu können, doch Elvis wollte wieder nichts von einer Pause wissen.

»Ich bin noch nicht mal richtig warm, los, weiter!«

»Okay, okay, wir kommen zur dritten und letzten Übung«, sagte Lulu.

»Waaas? Schon Schluss?«, meuterte Elvis. Dabei tänzelte er voller Tatendrang im Wasser. Sein Anblick erinnerte mich an einen Boxer, der auf den Gongschlag wartet, um endlich auf seinen Kontrahenten losstürmen zu können.

»Mr. Presley, warten Sie es ab«, fuhr Lulu fort. »Diese Übung hat es in sich.«

Beim »Wasserfrosch« mussten die Übenden die Poolnudel um den Rücken legen und dabei die Beine ausstrecken und wieder heranziehen.

»Wie immer: Wer Probleme mit dem Schwimmen bekommt, sagt mir bitte Bescheid«, mahnte Lulu fürsorglich.

Überflüssig! Marilyn war zeitlebens eine richtige Wasserratte gewesen, und Elvis wirkte wie verwandelt. Mittlerweile hatten sich auch Matt und Brad am Pool eingefunden und feuerten mit rhythmischem Klatschen die beiden Sportler im Becken an. Das war – im wahrsten Sinn des Wortes – Wasser auf Elvis' Mühlen. Er erhöhte die Trainingsfrequenz immer weiter. Marilyn hielt schließlich inne und sah ihm zu. Sie stimmte in das rhythmische Klatschen der Trainer ein. Und plötzlich merkte ich, dass auch ich die Hände zusammenschlug. Elvis schien plötzlich über unglaubliche Kraftreserven zu verfügen und peitschte immer weiter das Wasser. Seine Tolle klebte platt an der Stirn. Als der Song seinen Schlussakkord erreichte, machte Elvis einen Salto und reckte triumphierend eine Faust – in der anderen Hand hielt er immer noch die Poolnudel – in den Himmel.

Diesmal bestand Lulu auf eine Pause, egal ob es Elvis passte oder nicht.

»Mr. Presley, ich bin wirklich beeindruckt«, sagte sie. »Aber ich muss Sie bitten, nicht zu übertreiben. Sie müssen hier niemandem etwas beweisen.«

Elvis schenkte ihr ein lausbübisches Lächeln, das im Laufe der Jahrzehnte nichts von seinem Charme verloren hatte.

»Keine Sorge, Miss«, sagte er. »Ich weiß genau, was ich tue. Ich will einfach nur in der Form meines Lebens sein. Es fehlt nicht mehr viel!«

Und dann überredete Elvis die Trainer, noch – mindestens – einen Übungszyklus dranzuhängen.

Marilyn gab mir zu verstehen, dass ich mich besser zurückziehen sollte. Also verließ ich den Pool, während hinter mir schon der nächste Song erklang und es gewaltig platschte.

10

Sie haben es sicher längst bemerkt: Zu meinem Alltag auf der Insel gehören bestimmte Angewohnheiten, die ich liebevoll pflege. Einige dieser Angewohnheiten – selbstkritisch könnte ich sie auch Marotten nennen – habe ich über Jahre kultiviert, andere hingegen gehören erst seit jüngerer Zeit zu meinem Leben. Dass ich abends noch einen ausgiebigen Spaziergang am Strand mache, dabei eine Pause einlege und den Blick über das Meer schweifen lasse – das gehört zu meinen jüngeren Vorlieben. Wenn die Wellen in ihrem endlosen Spiel beruhigend rauschen und an den Strand rollen, dann fließen auch die Gedanken.

Das mag beschaulich klingen. Doch in jenen Tagen waren meine Gedanken düster: Ich grübelte über das Ende meiner Amtszeit auf der Insel nach. Und über einen Satz, den Sir Richard in unserem Gespräch nebenbei hatte fallen lassen: Ich hätte doch auch ein Leben vor der Insel gehabt. Natürlich hatte ich, wie alle anderen auch, ein Vorleben.

Nur habe ich hier niemandem davon erzählt. Was konnte er damit gemeint haben? Sir Richard hatte so geklungen, als wüsste er Bescheid.

Ich lehnte also an einem dieser Abende an einer kleinen Palme, strich mit den Fingern Muster in den Sand und verlor mich in den Weiten meiner Vergangenheit und der ungewissen Zukunft, sodass ich die ganze Welt um mich herum vergaß.

Bis mich ein kleines Steinchen in die reale Welt zurückholte. Ich sah überrascht auf. Vor mir stand Marilyn. Sie hatte das Steinchen geworfen, es war gegen meinen Oberschenkel geprallt und hatte keinerlei weiteren Schaden angerichtet, trotzdem sagte ich – scherzhaft und so trocken wie möglich: »Aua!«

Marilyn lachte und ließ sich neben mir im Sand nieder.

»Armer Adschei«, sagte sie. »Habe ich dir etwa wehgetan?«

Ich schüttelte den Kopf und versuchte ein Lächeln. »Ach was, ein Mann kennt keinen Schmerz«, sagte ich wohl etwas bemüht.

Marilyn blickte mich prüfend an. Sie merkte, dass mir eigentlich nicht nach Scherzen zumute war

»Glaub mir, Adschei, ich habe in meinem Leben viele Männer kennengelernt«, sie machte eine kurze Pause. »Und vor allem kenne ich dich! Als ich dich eben hier gesehen habe – da könnte ich schon darauf kommen, dass dich etwas bedrückt. Sag mir einfach, was los ist.«

Marilyn etwas vorzumachen, war zwecklos. Natürlich war sie auf der richtigen Fährte. Allerdings drang sie damit in einen Bereich meines Herzens vor, den ich jahrelang, ja jahrzehntelang sorgfältig abgekapselt hatte. Dort war eine Wunde, die im Laufe der Jahre endlich vernarbt war, und ich hütete mich eigentlich, noch einmal daran zu rühren. Doch in den letzten Tagen war ich in einen Strudel von Gedanken und Erinnerungen geraten, dem ich nicht entkommen konnte. Die Zeit, bevor ich auf die Insel gekommen war, machte sich selbstständig. Damals war ich vor Liebeskummer fast wahnsinnig geworden.

»Ach, Adschei«, sagte Marilyn einfühlsam. »Ihr Männer ahnt überhaupt nicht, wie leicht ihr zu durchschauen seid.«

»Bei mir gibt es nichts zu durchschauen«, wehrte ich mich halbherzig.

Marilyn sah einen Augenblick schweigend auf das Meer hinaus. Dann wandte sie den Kopf und blickte mir direkt in die Augen.

»Wie heißt sie?«

»Wie heißt wer?« Ich gab mich ahnungslos.

Plötzlich war Marilyns Gesicht dicht vor meinem.

»Habe ich dir nicht gesagt, dass du mir vertrauen kannst? Habe ich dir nicht mein größtes Geheimnis anvertraut?«

Das hatte sie. Eine Weile sahen wir beide schweigend auf die Wellen und in den Himmel.

Dann sagte ich, ohne Marilyn anzusehen: »Leela.«

»Wie?«

»Leela heißt sie«, flüsterte ich.

Marilyn schwieg wieder für einige Augenblicke.

»Erzähl mir von ihr«, sagte sie dann.

Ich atmete tief durch. War es richtig, all diese Gedanken zuzulassen? Und sie sogar auszusprechen? Etwas in mir wehrte sich. Aber die Bilder in meinem Kopf waren stärker. Vielleicht würde ich meine Gelassenheit wiederfinden, wenn ich sie rausließe. Und nach kurzem Zögern begann ich tatsächlich, Marilyn meine Geschichte zu erzählen.

Damals, bevor ich auf die Insel kam, war ich bis über beide Ohren verliebt gewesen, Leela war für mich die schönste Frau der Welt. Ich war mir sehr sicher, dass sie meine Gefühle erwiderte, und deshalb sind wir auch zusammen auf die Insel gefahren. Nicht auf unsere hier, sondern auf die Hauptinsel. Leelas Eltern waren gegen unsere Heirat, aber wir wollten uns unsere Chance auf ein gemeinsames Glück von niemandem zerstören lassen. Schließlich lebten wir im zwanzigsten Jahrhundert, einer Zeit, in der immer mehr Menschen – und auch wir – dachten, sie hätten ein Recht auf Glück, ein Recht, der Liebe und nicht der Tradition oder dem Willen anderer zu folgen.

»Ich verstehe genau, was du meinst«, sagte Marilyn einfühlsam. Sie ermunterte mich, weiterzuerzählen. Ich kam mir noch etwas seltsam vor, mit keiner Menschenseele hatte ich jemals darüber gesprochen – aber es fühlte sich richtig an.

Als ich mit Leela zusammen war, glaubte ich, das Paradies zu sehen. Wir lachten, und wir liebten uns. Und wenn Leela dann am Morgen mein Gesicht in ihre schlanken Hände nahm, mich aus ihren großen dunklen Augen ansah und ihre zarten Lippen sagten: »Adschei, dieser Tag gehört uns, diese Welt gehört uns«, wusste ich, dass ich das ganz große Los gezogen hatte. Ich erlebte das, wonach viele Menschen ihr Leben lang suchen.

Für einen Moment griff Marilyn nach meiner Hand.

»Ich weiß genau, wie es ist, wenn man so glücklich

ist. Man glaubt zu träumen. Und man hat Angst aufzuwachen.«

»Genau«, sagte ich. »Ich konnte anfangs gar nicht fassen, wie gut wir miteinander harmonierten. Wir waren im wahrsten Sinne des Wortes ein Herz und eine Seele. Schließlich fingen wir an, uns zum Scherz zu streiten und dann wieder zu versöhnen, weil wir einander so sicher waren.«

»Du Glücklicher«, sagte Marilyn.

»Ja, ich Überglücklicher. Ich fragte mich, womit ich das verdient hatte, in einer meiner früheren Inkarnationen musste ich Großes geleistet haben, um Leela auch nur einmal anschauen zu dürfen.«

Ich schwieg. Marilyn lächelte in die Ferne.

»Aber woran ist dann euer Glück gescheitert?«

»Ihre Familie war dagegen«, sagte ich.

»Natürlich. Es ist fast immer die Familie«, sagte Marilyn traurig, und ich vermutete, dass sie in diesem Moment an die Kennedys dachte.

Leela und ich konnten vor ihrer Familie nicht ewig Verstecken spielen. Das war uns klar gewesen. Und das wollten wir auch gar nicht. Wir waren erwachsene Menschen. Und wir wollten unsere gemeinsame Zukunft planen. Wir wussten, dass der Kampf nicht leicht werden würde. Leelas Familie gehörte zu den wohlhabendsten und angesehensten von Mumbai. Ich hingegen war ein Nichts, ein Mensch ohne Vermögen und ohne Namen. Aber war unsere Liebe nicht ein viel größerer Schatz? Sollte das nicht reichen, um Grenzen zu überwinden?

Bei einem Juwelier am Markt entdeckte ich einen Ring,

der die Inschrift *Omnia vincit amor* trug. Der Ring war aus weißem Gold und wunderschön. Und als Leela mit einer Obsthändlerin ins Plaudern geraten war, stahl ich mich heimlich in das Geschäft. Der Juwelier zeigte mir den Ring und erklärte, dass die Inschrift lateinisch sei und »Liebe überwindet alles« bedeute. Ich musste keine Sekunde überlegen. Das war genau der richtige Ring für Leela!

Ich kratzte meine Ersparnisse zusammen. Als die nicht reichten, nahm ich ein Darlehen bei einem Kredithai auf, der unverschämte Zinsen nahm, aber das war mir egal. Wenn nötig, hätte ich auch mein letztes Hemd verkauft: Leela musste diesen Ring bekommen.

Für die Übergabe fasste ich einen Plan. Natürlich hätte ich mit Leela »rein zufällig« an dem Juwelierladen vorbeischlendern und ihr vorschlagen können, einen Blick auf ein paar Schmuckstücke zu werfen. Aber was, wenn der Ring nicht passte? Das kam nicht infrage, bei meinem Antrag sollte alles perfekt sein.

Also nahm ich eines Nachts, als Leela schlief, mit einem Bindfaden die Maße ihres Ringfingers. Dann trug ich dieses Maß mitsamt meinen ersparten und zusammengeborgten Schätzen zum Juwelier, der darauf den Ring anpasste. Außerdem musste er mir versprechen, ihn am nächsten Tag an prominenter Stelle ins Schaufenster zu legen.

Der Juwelier hielt Wort. Als ich mit Leela »zufällig« an dem Laden vorbeispazierte, lenkte ich ihren Blick auf den Ring. Ich konnte an ihren großen dunklen Augen ablesen, welche Kämpfe sich in ihrer Seele abspielten. Der Ring gefiel ihr offenbar, selbstverständlich gefiel er ihr. Ich hatte schließlich den schönsten Ring der Welt für sie ausgewählt.

Ein wahres Kunstwerk! Neben der fein gravierten Inschrift waren drei winzige Magnolien aus Kristall aufgesetzt. Leela biss sich regelrecht auf die Zunge, denn sie wusste ja, dass ein solcher Ring außerhalb meiner finanziellen Möglichkeiten lag.

Ich tat so, als würde ich von ihren inneren Kämpfen nichts merken und schlug ihr in heiterem Tonfall ein Spiel vor. Wir sollten hineingehen, und sie sollte den Ring anprobieren. Wenn er passte, wäre das ein Zeichen, dass sie und der Ring füreinander bestimmt waren.

Leela zauderte. Ihr Blick traf mich mitten ins Herz. Sie wollte um jeden Preis vermeiden, mich in Verlegenheit zu bringen.

Schließlich schob ich sie sanft in den Laden. Der Juwelier begrüßte uns, als wären wir königliche Gäste, und präsentierte uns den Ring auf einem Tisch inmitten von Magnolienblüten.

Als ich Leela den Ring an den Finger steckte, passte er wie angegossen. Sie bewunderte die kleinen Kristallblüten, las mit sich lautlos bewegenden Lippen die Inschrift. Da sie von ihrer Familie auf eine höhere Töchterschule geschickt worden war, verstand sie, was die Gravur bedeutete. Leela errötete leicht. Sie sah mich mit gesenktem Blick an.

»Der Ring ist so wunderschön«, sagte sie. »Am liebsten würde ihn nie wieder ablegen.«

»Meine liebe Leela«, sagte ich und nahm ihre Hand, »das brauchst du auch nicht. Wenn du willst, dann gehört dir dieser Ring bis ans Ende deiner Tage. Und wenn du willst, dann bleibe auch ich auf ewig bei dir. Willst du meine Frau werden?«

Wir fingen beide an zu zittern, und die ersten Tränen kullerten.

»Ja«, sagte sie. »Das will ich.«

Der Juwelier und seine beiden Mitarbeiterinnen, denen auch die Tränen herabflossen, applaudierten

Ich nahm Leelas Gesicht in meine Hände und flüsterte: »Du und ich – wir sind eins. Ich kann dir nicht wehtun, ohne mich selbst zu verletzen.«

Wir küssten uns.

Leela seufzte. »Ach, Adschei … Glaubst du wirklich, wir könnten einander jemals wehtun?«

Natürlich glaubte ich das nicht. Ich hatte diese Weisheit des ehrwürdigen Gandhi nur angebracht, weil mir unsere Verbundenheit in diesem Moment direkt aus dem Herzen sprach. Als Leela verstand, lachte sie leise.

Ich hörte ihr Lachen vor meinem inneren Ohr. Ja, das kann ich noch heute so sagen, in diesem Moment flossen wir beide über vor Glück. An dieser Stelle meiner Erzählung sah Marilyn mich mit großen Augen an.

»Adschei, ich hätte nie gedacht, dass du so ein großer Romantiker bist.« Sie schüttelte verblüfft den Kopf. »Da kennt man dich seit Jahren. Immer vom Scheitel bis zur Sohle diskrete Zurückhaltung, nie auch nur die kleinste Gefühlsaufwallung … Adschei, du bist ja ein wahrer Vulkan!«

»Mag sein«, sagte ich matt. Ich erhob mich und klopfte mir den Sand von der Hose. »Aber all das ist lange her.«

Marilyn ergriff meine Hand und wollte mich wieder auf den Boden ziehen.

»Nicht so lange, dass du es vergessen hättest! Was geschah dann?«

Ich löste mich sanft aus ihrem Griff. »Es tut mir leid, Marilyn. Ich weiß, ich kann dir vertrauen, aber es geht gerade nicht mehr.«

Sie ließ meine Hand los. Ich setzte sie an ihrer Hütte ab und fuhr nach Hause ins *Staff Village.*

Bei einem Glas Tee versuchte ich, die Wellen der Erinnerungen wieder zu verdrängen. Aber es gelang mir nicht, und Schlaf fand ich erst recht nicht. Ich lag immer noch wach – es war schon spät in der Nacht –, als es vorsichtig an meiner Tür klopfte. Ich stand auf.

Draußen stand Marilyn! Dass einer der Bewohner zu uns ins *Staff Village* kam, war mehr als ungewöhnlich. Ich konnte mich nicht erinnern, Marilyn jemals bei mir auf der Veranda gesehen zu haben.

»Ist was passiert?«, fragte ich. »Gibt es in der Hütte ein Problem, um das ich mich kümmern muss?«

»Adschei, lass doch die Förmlichkeiten. Du weißt genau, weshalb ich hier bin.«

Marilyn wollte eintreten, aber ich verstellte ihr den Weg.

»Ich ahne es«, sagte ich.

»Du kannst vor der Erinnerung nicht weglaufen, Adschei. Sie gehört zu dir.«

»Hier auf der Insel hat das keinen Platz mehr. Nie gehabt.«

»Aber genau den Platz soll es jetzt bekommen«, Marilyn blieb hartnäckig. »Ich setze mich jetzt draußen auf die Veranda. Und wenn du mein offenes Ohr beanspruchen willst, gesell dich zu mir.«

Sie drehte sich um und setzte sich auf meine Bambusbank. Ich zögerte noch einige Sekunden, zündete dann aber zwei Kerzen an, kochte frischen Tee. Marilyn schwieg.

»Also, meine Geschichte, die …«, begann ich. »Es gab Differenzen mit Leelas Vater, als sie ihm von mir erzählte. Ich schrieb ihm mehrere Briefe und erklärte, wie ernst es uns beiden war. Und darauf hat er angeboten, mich zu einem Gespräch zu treffen. Auf der großen Insel.«

»Das war doch ein gutes Zeichen, oder nicht?«, fragte Marilyn.

»Nein«, sagte ich düster. »Das war mein erster Fehler.«

Weil Leelas Familie öffentliches Aufsehen vermeiden wollte, schlug ihr Vater ein Treffen an dem einsamen Kap an der Nordseite der Insel vor. Ich konnte daran nichts Verdächtiges finden. Im Gegenteil, ich war sehr stolz. Obwohl ich noch ein junger Mann war, ohne eigenes Vermögen, ohne Reputation, hatte ich es geschafft, dass einer der reichsten und einflussreichsten Männer Indiens sich mit mir traf, weil ich seine Tochter heiraten wollte.

Mein guter Eindruck bestätigte sich. Begleitet von zwei seiner Söhne, zollte mir Leelas Vater mehr Respekt, als mir zustand. Er erklärte, dass ihn meine Hartnäckigkeit von meinen guten Absichten überzeugt habe und er bereit sei, in eine Heirat zwischen seiner Tochter und mir einzuwilligen. Allerdings verlangte er, dass ihm seine Tochter in einem Gespräch unter vier Augen ihre Liebe zu mir und ihre Eheabsichten bestätigte.

Das fand ich nur fair. Leelas Vater erklärte, dass ihm das Schicksal seiner wunderschönen Tochter sehr am Herzen liege. Nur habe er leider die Erfahrung machen müssen, dass nicht wenige Männer versuchten, sein Lieblingskind zu manipulieren. Auch das klang für mich nachvollziehbar. Mich rührte sogar ein bisschen, wie besorgt er um seine Tochter war. Plötzlich sah ich es ganz klar: Wir waren nur deshalb aneinandergeraten, weil wir beide das Beste für Leela wollten. Bald würden sich die grauen Wolken verziehen, und wir würden einander verzeihen. Der Tag war nicht mehr fern – das spürte ich genau – da würden ihr Vater und ich einander beim Vornamen nennen.

Ich fuhr zu Leela zurück und berichtete ihr von meinem Treffen mit ihrem Vater. Sie war erleichtert und stolz auf mich.

»Mit Recht«, sagte Marilyn. Nun ging ihr Blick träumerisch in die Ferne. »Wenn du wüsstest, wie glücklich es eine Frau macht, wenn Männer um sie kämpfen und in ihr mehr als eine Trophäe sehen. Aber das nur am Rande. Sprich weiter, Adschei.«

Am nächsten Tag wollten Leela und ich uns auf dem Marktplatz treffen. Gegenüber dem Postamt befand sich das Rathaus, wo wir uns zur Hochzeit anmelden wollten. Zwar ging es vorerst nur völlig unromantisch um den Termin, aber uns beiden war wichtig, unsere Beziehung so schnell wie möglich zu besiegeln. Unserer gemeinsamen Zukunft eine Basis zu geben.

Ich war so aufgeregt, dass ich mich schon früh am Morgen auf dem Marktplatz herumtrieb und immer wieder von Händlern verjagt wurde, weil sie mich für einen Tagedieb und Trickbetrüger hielten.

Ich wartete bis zum Nachmittag. Doch Leela kam und kam nicht. Sie hätte längst da sein müssen. Schließlich erschien an ihrer Stelle einer ihrer Brüder. Er übergab mir einen Brief.

Darin schrieb mir Leela, dass sie sich von ihrem Vater hatte überzeugen lassen, doch den Mann zu ehelichen, den er für den richtigen hielt.

»Hast du den Brief noch?«, fragte Marilyn.

»Nein«, antwortete ich.

Aber ich wusste noch jedes Wort. Tausende Male hatte ich die Zeilen gelesen. Und immer wieder hatte es mir einen Stich versetzt. Leela hatte geschrieben: *Es wäre nicht richtig, ein ganzes Leben nur auf einer Leidenschaft, einer Laune der Jugend aufzubauen. Wir dürfen uns nichts vormachen, Adschei. Niemand bleibt ewig jung. Mein Vater ist ein weiser Mann. Nun ist es an der Zeit, dem Ernst des Lebens ins Auge zu sehen.*

Dann kamen die Zeilen, die mir den Boden unter den Füßen wegzogen.

Es wäre romantisch, jetzt zu versprechen, dass ich Dich niemals vergessen werde. Aber damit würde ich Dir die Trennung nur schwerer machen. Also sage ich die Wahrheit: Eines Tages werde ich Dich vergessen haben. Und auch Du solltest mich vergessen. Es ist das Beste für uns beide.

Marilyn sah mich erschrocken an. »Das ist nicht dein Ernst!«

»Doch. Genau so lauteten ihre Worte.«

»Was für ein Miststück«, zischte Marilyn und hielt sofort erschrocken ihre Hand vor den Mund. »Entschuldige, ich wollte auf keinen Fall deine große Liebe beleidigen.«

»Schon gut«, sagte ich. »Ich war doch selbst damals unheimlich wütend.«

Mir war klar gewesen, dass es sich bei diesem Brief nur um eine Fälschung handeln konnte. Ich protestierte. Leelas Bruder nahm meinen Wutausbruch aber nur mit einem Schulterzucken zur Kenntnis und wollte sich entfernen. Das konnte ich nicht zulassen! Ich stürzte mich auf ihn, packte ihn am Kragen. Ich wollte zu Leela, sofort! Er sollte mir sagen, wo die Familie sie versteckte. Sofort! Nachdem ich ihn gründlich durchgeschüttelt hatte, sagte er mir, dass Leela schon längst nicht mehr auf der Insel sei, sondern mit ihrem Vater nach Indien zurückgekehrt war. Schließlich fiel mir nichts anderes mehr ein, als ihn aufs Postamt zu schleppen. Wir meldeten ein Ferngespräch nach Indien an.

Leelas Vater ging an den Apparat. Ich drohte, seinen Sohn krankenhausreif zu prügeln, wenn er mich nicht mit Leela sprechen lasse.

Er holte sie schließlich ans Telefon.

»Hallo, Adschei«, sagte sie tonlos.

Ich schubste ihren Bruder aus der Telefonkabine und beugte mich über den Hörer. Ich versuchte mir vorzustellen, in was für einer verzweifelten Lage sie war.

»Liebling, Leela«, sagte ich. »Ich kann mir vorstellen, was du durchgemacht hast. Aber keine Angst, ich hole dich da raus.«

Ich weiß nicht, wie lange ich redete. Von Leela kam keine Antwort. Ich hörte nur ihren Atem am anderen Ende der Leitung, und erst nach einer ganzen Weile fiel mir auf, wie ruhig und gelassen ihr Atem klang.

»Es tut mir leid, Adschei, aber es ist aus«, sagte sie.

»Leela, ich kann verstehen, wenn du nicht reden kannst. Klopf einfach auf die Muschel des Telefonhörers, dann weiß ich, dass sie dich gezwungen haben«, versuchte ich es.

Sie klopfte nicht.

»Ach, Adschei«, sagte sie. »Wenn du wüsstest, wie leid du mir tust.«

Nun erzählte sie mir in knappen Worten, dass sie – bevor wir uns kennengelernt hatten – sehr verliebt gewesen sei. In einen ihrer Cousins, der wohl einer sehr feinen Familie entstammte. Allerdings habe sie niemals zu hoffen gewagt, dass dieser Cousin ihre Liebe erwidern würde. Als er vor ein paar Tagen überraschend und ganz offiziell um ihre Hand anhielt, habe sie nicht gewusst, was sie tun sollte. Sie habe mit sich gerungen, aber die Gefühle für ihn seien zu stark gewesen.

»Und was hast du dann gemacht?«, fragte Marilyn.

»Ich weiß es nicht mehr. Am liebsten wäre ich gestorben«, sagte ich leise.

Ich fiel in ein tiefes Loch und verließ in den folgenden Wochen selten das Haus. Wenn ich es doch tat, leistete ich mir den Luxus, am Postamt die *Mumbai Gazette* zu kaufen. In dem Blatt gab es einen großen Gesellschaftsteil, worin über die Partys und Vergnügungen der Reichen und Schönen berichtet wurde. Regelmäßig waren Bilder von Leela und ihrem Verlobten abgedruckt. Widerstrebend musste ich eingestehen, dass die beiden ein schönes Paar waren. Ein sehr schönes Paar sogar. Er hielt sie stolz im Arm. Und sie himmelte ihn auf den Fotos an.

Aus irgendeinem Grund waren ihre Hände auf den Fotos nie zu sehen, und mich überkam bald eine fixe Idee: Ihre Hände durften auf den Bildern nicht zu sehen sein, weil sie immer noch meinen Ring trug! Sie wollte mir etwas mitteilen. Und das war der einzige Weg …

Voller Hoffnung auf ein weiteres Zeichen von ihr kaufte

ich gleich am nächsten Morgen die neue Ausgabe der *Mumbai Gazette*. Vielleicht war ja wieder ein Foto von Leela darin! Eines, auf dem ihre Hand zu sehen sein würde. Und neben dem Mittelfinger würde mein Ring glänzen!

Und tatsächlich fand ich mehrere Bilder von ihr in der Klatschspalte. Aber sie zeigten nicht, was ich zu sehen gehofft hatte. Ja, sie trug einen Ring, aber der war nicht von mir. Leela und ihr Cousin hatten geheiratet!

Marilyn seufzte teilnahmsvoll auf.

Dann schwiegen wir beide für eine lange Zeit. Mein Kopf war leer.

Und als sie mich in den Arm nahm, mich drückte und mir kluge Dinge sagte, begriff ich, wie recht Marilyn damit gehabt hatte, hartnäckig zu bleiben. So schmerzvoll es war, es hatte mir gut getan, mit ihr über meine große zerbrochene Liebe zu sprechen. Denn das Leben geht weiter. Immer und irgendwie.

11

Nach diesem nächtlichen Gespräch, in dem ich Marilyn meine unglückliche Liebesgeschichte erzählt hatte, saßen wir bis zum Sonnenaufgang auf der Veranda. Auch sie gestand mir noch das ein oder andere Detail aus ihren unglücklichen Beziehungen, worüber ich hier schweigen möchte. Als die ersten Sonnenstrahlen schon auf unsere Gesichter schienen, hatte ich mir außerdem ein Herz gefasst und ihr von meinem Gespräch mit Sir Richard erzählt. Sie war traurig, aber nicht überrascht. Sie hatte sich schon gedacht, dass etwas Einschneidendes vorgefallen sein musste, dass ich in solche emotionalen Turbulenzen geraten war.

Danach dauerte es ein paar Tage, bis ein Gedanke völlig zu mir durchgedrungen war, den mir Marilyn auf der Veranda eingeimpft hatte.

»Adschei«, hatte sie gesagt, »es gibt da was, das mir lange zu schaffen gemacht hat – und du kannst es besser machen als ich. Ich konnte mich von vielen Menschen, die mir lieb waren, nicht verabschieden. Auch wenn die Insel so vieles aufwiegt, manches ist unausgesprochen geblieben. Und nun kann ich eben nicht einfach Briefe schreiben, dass es mir hier gut geht ... Auch wenn so schrecklich an mir gezerrt wurde: Ich hätte ein paar Dinge gern ganz bewusst ein letztes Mal getan. Hätte mich verabschieden wollen. Weißt du? Alles, was ich zum ersten Mal getan habe, habe ich immer ganz intensiv erlebt – mein erstes Date, meinen ersten Film, meine erste Live-Show. Weil immer klar war: Es ist das erste Mal, und das ist besonders. Das geht wohl jedem so. Tut man aber etwas zum letzten Mal, weiß man das oft erst sehr viel später. Und das kann bitter sein ... Sieh es doch vielleicht so: Sir Richard gibt dir die Chance, vieles hier auf der Insel ganz bewusst ein letztes Mal zu tun. Nutze sie! Verabschiede dich nach und nach in Gedanken von den Menschen und Dingen, die dir etwas bedeuten. Und schaff dir so die Erinnerungen, die du behalten willst.«

Wie recht Marilyn doch hatte! Loszulassen gehört zu den Lebenskünsten, die am schwersten zu erlernen sind. Ich hatte nun die Gelegenheit, mich darin zu beweisen. Und entsprach das nicht auch dem, was ich mir hin und wieder in einer Abendmeditation vorsage? Doch, es war im Prinzip genau das: Ich will die Stille nach dem Licht des Tages mit offenen Armen empfangen.

Daran wollte ich mich nun halten, ich wollte offen und souverän sein. Alles würde sich finden – und Sir Richard würde nichts dem Zufall überlassen. Also beschloss ich, meine Rundgänge ab heute insgeheim zu meiner kleinen Abschiedstournee über die Insel werden zu lassen.

Doch wo beginnen? Keine Frage: am besten bei den Bewohnern, die die melancholischen Gedanken am schnellsten vertreiben würden. Und zwar bei – halten Sie sich kurz fest – Familie Winehouse-Cobain. Bei Kurt, Amy und ihren Zwillingen.

Ja, Sie haben richtig gelesen. Dass Amy und Kurt ein Paar sind, um genau zu sein, ein unglaublich glückliches Paar, habe ich Ihnen bereits anvertraut. Jetzt wissen Sie auch, dass ihre beiden kleinen Jungs – Chili und Jimi – die Familie komplettieren.

Sie staunen? Das glaube ich gern. Wie es dazu gekommen ist? Das will ich Ihnen nicht vorenthalten.

Nachdem Kurt auf der Insel angekommen war, hatte er schnell begriffen, dass er hier ein besseres Leben führen konnte. Doch hin und wieder wurde er von düsteren Gedanken übermannt. Dann saß er manchmal tagelang vor seiner Hütte und schrieb Gedichte. Das hätte ja nicht weiter schlimm sein müssen, aber es tat ihm nicht gut, wenn er sich zu sehr in seine Verse verstieg – dann aß er kaum noch und sprach mit niemandem mehr.

Immer wenn ich glaubte, Kurt müsse mal wieder unter Leute, bat ich Bob, bei ihm vorbeizuschauen. Kurt mochte ihn. Denn Bob nahm ihn zwar auf eine väterliche Weise ernst, legte aber nicht alles, was er dachte und sagte, auf die Goldwaage. Und der Griesgram, der Bobs entspannter Aura dauerhaft entkommen könnte, muss erst noch geboren werden. Immer wenn Kurt Bob einige seiner düsteren Gedanken über die Welt zu erklären versuchte, nickte Bob bedächtig. Er hörte ganz konzentriert zu – bis er irgendwann bedeutsam mit den Schultern zuckte, »Whatever« sagte, aufstand und zum Strand schlenderte. Dieses sanfte und optimistische »Whatever« hatte eine heilende Wirkung auf Kurt, und meistens folgte er Bob in ein paar Metern Abstand. Oder er legte zumindest seine Zettel beiseite und spielte ein bisschen Gitarre.

Mit der Zeit ging es Kurt immer besser. Von Bobs Rauchwaren wollte er nichts abhaben, er genoss es, einen klaren Kopf zu haben. Und er passte sich auch modisch dem Leben auf der Insel an. Holzfällerhemden und Boots verschwanden auf Nimmerwiedersehen im Schrank, dafür ist es hier viel zu warm. Meist trug er nur noch Surfshorts, und die Sonne hinterließ ihre Spuren auf seinem Oberkörper. Alles in allem wurde er ein so ausgeglichener Typ, dass er es in Sachen Lässigkeit mit Bob aufnehmen konnte.

Als allerdings Amy zu uns auf die Insel kam, war es nach ein paar Tagen um Kurts Lässigkeit geschehen. Ganz und gar. Erst befand er sich in heller Aufregung, wollte alles über sie wissen. Fragte mich über sie aus. Und nachdem er zum ersten Mal mit ihr gesprochen hatte, erschien ein Dauerlächeln in seinem Gesicht, so selig, wie es nicht einmal Bob nach einem gelungenen Rauchopfer hinbekam. Jeden Vormittag, jeden Nachmittag und jeden Abend konnte man Amy und Kurt am Strand entdecken. Sie gingen spazieren, redeten stundenlang, saßen im Sand und alberten herum.

An einem dieser Tage traf ich Kurt morgens vor seiner Hütte, er schnitt gerade Mangos. Er winkte mich zu sich. »Adschei, kennst du eigentlich das Gefühl, wenn man sich zum ersten Mal in seinem Leben zu hundertzwanzig Prozent verstanden fühlt?«, fragte er unvermittelt. »Wenn man sich nichts sagen muss und doch alles weiß? Wenn man sich in die Augen blickt und mehr als die ganze Welt sieht? Wenn dieser gottverdammte Kosmos auf einmal ein Zentrum hat? Wenn alles größer ist, als es jemals war?«

Ich blieb zunächst stumm. Natürlich verschwendete Kurt in diesem Moment keinen Gedanken daran, dass ich wirklich kennen könnte, was er da beschrieb. Er erwartete nicht einmal eine Antwort. Was in Ordnung war, denn er sei eben verknallt, sagte ich mir, und das Herzrasen macht Verliebte zeitweise unzurechnungsfähig und blind für alle anderen Menschen um sie herum.

Nach einer Weile sagte ich dann zu ihm: »Kurt, ich weiß, es ist und bleibt unerklärlich. Das Beste, was dir passieren kann. Es freut mich für euch!«

Und das war nicht gelogen. Wir alle – Sir Richard eingeschlossen – freuten uns ungemein für die beiden. Amy hatte an ihren ersten Tagen auf der Insel sehr nervös gewirkt, sie war wirklich extrem dünn und leicht reizbar gewesen. Doch nun sah sie mit jedem Tag besser aus, ihre Wangen wurden voller, ihr Lachen herzlicher. Ja, Kurts liebevolle Gesellschaft wirkte Wunder. Verliebt zu sein stand ihr ausgezeichnet. Und wahrscheinlich waren auch seine Kochkünste nicht ganz unschuldig daran, dass Amy immer hübscher wurde. Denn das Experimentieren in der Küche war nach dem Surfen zu Kurts zweitliebstem Hobby geworden. Scharf macht glücklich, lautete eine seiner Devisen.

Und gut zehn Monate später? Geschah das, was sich Sir Richard in seinen kühnsten Träumen nicht ausgemalt hatte. Wir durften die kleinsten Insel-Neuankömmlinge aller Zeiten begrüßen: Chili und Jimi. Die Zwillinge. Zwei Jungs.

Bob wurde Patenonkel. Er stattete die beiden zu ihrem Geburtstag mit weißen Leinenhemden und bunten Jamaika-Mützen in allen Größen aus, und die drei wurden unzertrennlich. Bob war einfach phantastisch. Klar, eine Erziehung nach strengen pädagogischen Grundsätzen war nicht unbedingt seine Kernkompetenz, aber dafür wurden die Zwillinge mit einer Riesenladung Lebensfreude und Herzensgüte bedacht. Jeden Tag aufs Neue. Und ganz nebenbei wurde die Insel so auch – für die drei zumindest – zum paradiesischsten Spielplatz der Welt.

Nun können Sie vielleicht besser nachvollziehen, warum ich an jenem Morgen nach dem denkwürdigen Gespräch mit Marilyn beschloss, meine Abschiedstournee bei der Familie Winehouse-Cobain zu beginnen. Es zog mich zu dem Zwillingsquell der guten Laune.

Ich näherte mich über den Weg durch Kurts Chili-Garten, den er vor der Hütte angelegt hatte. Er züchtete über zwanzig Sorten, in allen Gelb-, Orange- und Rottönen lockte zwischen den Blättern die scharfe Gefahr. Ich stieg die Treppe zur Veranda hoch und klopfte. Ein gut gelaunter Kurt öffnete mit zerzauster Frisur. Sein Haar war von Sonne und Salzwasser komplett ausgeblichen, Blondierung brauchte er auf der Insel nicht mehr, und seine Haut war so braun, dass die kleinen hellen Härchen auf seinen Unteramen beinahe leuchteten. Er war offenbar gerade am Kochen, denn er hatte eine Schürze umgebunden und hielt einen Holzlöffel in der Hand. Unter der Schürze trug er Khakishorts mit großen Taschen. Er war barfuß, und die Tatsache, dass an seinen Füßen und Waden noch jede Menge Sand klebte, verriet mir, dass er schon Surfen gewesen war.

»Hey, Adschei«, sagte Kurt. »Alles gut?«

»Kann nicht klagen«, sagte ich. Und deutete kurz auf seine sandigen Füße.

Amy liebt den Strand – und sie hasst den Sand, zumindest in ihrem Zuhause. Jeder auf der Insel weiß, dass drei Sachen Amy in höchste Alarmbereitschaft versetzen. Erstens: Die Kinder haben Hunger. Zweitens: Die Blumen haben kein Wasser mehr. (Amy liebt Blumen, die Hütte ist immer voll von frischen Blumen, fast jeden Tag pflückt sie große neue Sträuße.) Und drittens: Sand im Haus.

Kurt blickte an sich runter und bemerkte das Dilemma.

»Scheiße ...«, zischte er.

Amy kam von links über die Veranda zu uns geschlendert. Sie trug eine Schale mit violetten Bananenblüten, die sie gerade gesammelt hatte.

»Morgen, Adschei«, sagte sie – und blickte zielsicher auf Kurts Füße. »Adschei, hast du eine Ahnung, woher der ganze Sand hier kommt?« Sie schmunzelte. Noch. Das wussten zumindest Kurt und ich.

Wir gingen rein. Kurt verzog, ohne Amy anzusehen, das Gesicht. Wie ein Schuljunge, der gerade einen Ball verschossen hat und sich über sich selbst ärgert. Halb verschämt oder um wenigstens guten Willen zu zeigen, wischte er sich die Füße abwechselnd an seinen Unterschenkeln ab. Der Sand rieselte nun auf den Küchenboden.

»Toll, Darling«, sagte Amy und verzog ihrerseits das Gesicht. »So ist's natürlich schon gleich viel besser! Hast du denn wenigstens Adschei gefragt, ob er zum Frühstück bleiben möchte?«, fragte sie mit einem süffisanten Lächeln.

Das war die inselweit bekannte Amy-Taktik. Bevor Kurt

auch nur den Mund zu einem Hauch von Gegenrede öffnen konnte, wechselte sie blitzschnell das Thema und drängte ihn aus einer anderen Richtung in die Defensive.

»Das wollte ich doch gerade«, verteidigte sich Kurt und wandte sich an mich. »Hast du Hunger?«

Normalerweise hätte ich abgelehnt, mich nur nach den Zwillingen erkundigt und wäre nach kurzem Geplauder weitergegangen. Ich überlegte fünf Sekunden. Nein, heute nicht, heute würde ich bleiben.

»Es riecht ausgezeichnet, was gibt es denn?«

»Lass dich überraschen«, sagte Kurt. »So gut habt ihr noch nie gegessen.«

Amy verdrehte die Augen, legte einen Arm auf meine Schulter und schob mich in Richtung Sofa, während Kurt in der offenen Küche weiter brutzelte.

»Das ist schließlich das Mindeste, was er für uns in dieser sandüberfluteten Hütte tun kann«, sagte sie, während sie begann, den Sand aufzukehren. »Oder etwa nicht, Adschei?«

Widerrede war nicht angebracht. Nicht einmal ausnahmsweise. Ich pflichtete ihr eilig bei und schaute Kurt beim Kochen zu.

Er briet einen Berg Omelettes, wie jeden Morgen. Jedes Omelette bestand aus sechs Eiern und geriebenem Käse. Bevor er sie in der Pfanne zusammenklappte, beträufelte er sie mit *Prik Nam Pla*, seiner selbst gemachten Lieblingssauce. Das thailändische Rezept hatte Kurt in monatelangen Experimenten verfeinert. Selbst gezüchtete Chilis, Fischsauce, brauner Zucker und etwas Limettensaft – superscharf. Das war genau das Richtige für mich. Amy und Kurt aßen alles scharf. Morgens, mittags, abends. Kein Wunder, dass Kurt sich einen Chiligarten anlegen musste. Anders hätte er den Familienbedarf kaum decken können.

Sogar wenn Kurt nach dem Surfen müde im Sand saß, brachte Amy ihm eine aufgeschnittene Mango mit getrocknetem Chili. Um die scharfe Ware besser transportieren zu können, packte sie sie in kleine Plastikbeutel. Sie aßen die Mangos dann direkt aus dem Tütchen, ohne Messer und Gabel, einfach mit den Fingern. Ich habe es ihnen auch schon nachgemacht – Sie müssen das mal probieren, köstlich! Aber unbedingt die Hände danach waschen! Chili in den Augen ist kein Spaß. Davon kann ich ein Lied singen.

»Sind die Zwillinge schon wach?«, fragte ich möglichst beiläufig.

Kurt und Amy wechselten einen wissenden Blick. Die wussten natürlich genau, weshalb ich eigentlich bei ihnen vorbeigekommen bin.

»Klar«, sagte Kurt und machte ein Pokerface.

»Schon lange«, ergänzte Amy.

Dann brutzelten und werkelten sie weiter. Ich stand auf und half ihnen beim Tischdecken. Amy reichte mir nur drei Teller.

»Und die Zwillinge?«, fragte ich.

Amy und Kurt wechselten wieder ihren wissenden Blick. Doch Kurt wechselte das Thema und redete von einem neuen Rezept.

»Das hat er wirklich gut hinbekommen«, gestand ihm Amy zu, »musst du unbedingt probieren.« Sie rollte einen kleinen Crêpe auf meinem Teller aus und öffnete ein Glas.

»Ein Chutney?«, fragte ich.

»Besser«, sagte Kurt.

»Das ist eine Konfitüre. Unsere eigene Kreation«, ergänzte Amy.

»Wir wollen sie Pearl Jam nennen.« Kurt grinste.

»Guter Name«, sagte ich. »Das schmeckt mir ausgezeichnet. Respekt, Kurt.«

Nach ein paar Sekunden musste ich ganz plötzlich Luft durch die Zähne einsaugen. Überraschend scharf im Abgang! Heimtückisch, diese Pearl Jam.

»Ist nur ein bisschen Habanero drin«, sagte Kurt. »Und die Birdeye-Chili kommt mit Verzögerung. Gut, nicht?«

»Ganz nach meinem Geschmack!« Ich räusperte mich. »Kommt plötzlich, aber gut, ja!«

Ich verspeiste den Crêpe und ließ mir dann ein Omelette geben. Dann versuchte ich es noch ein drittes Mal, so beiläufig wie möglich: »Den Zwillingen würde das bestimmt auch schmecken.«

Ich musste wohl ein enttäuschtes Gesicht gezeigt haben. Amy und Kurt wechselten wieder einen Blick. Dann prusteten sie los.

»Adschei, du bist echt ein Typ«, sagte Kurt mit einem Kopfschütteln und hörte gar nicht auf zu lachen.

»Ich weiß nicht, wovon ihr redet«, sagte ich so neutral wie möglich.

»Adschei«, ermahnte mich Amy sanft, »denkst du etwa, wir merken nicht, dass du gar nicht zu uns, sondern zu den Zwillingen willst? Mensch, die haben doch längst gefrühstückt. Sie sind bei Bob.«

»Also … eigentlich wollte ich … dachte ich …« Ich brach ab. Es war nicht zu leugnen. »Richtig, ich wollte mich natürlich auch nach dem Wohlergehen von Chili und Jimi erkundigen.«

Dass die beiden schon bei Bob waren, hätte ich mir auch selbst ausrechnen können. Da war wohl nur der Wunsch Vater des Gedankens gewesen.

»Weißt du was«, sagte Amy, »wenn du nicht immer so vornehm und zimperlich wärst, dann könntest du Bob als Ersatzpatenonkel fast den Rang ablaufen.«

Das wiederum konnte ich mir beim besten Willen nicht vorstellen. Bob tobte mit ihnen durch die Gegend und dachte sich Blödsinn aus, dass man manchmal nicht wusste, wer von den dreien der Erwachsene war. Ganz klar, Bob konnte mit Kindern! Das wunderte niemanden. Schließlich hatte er in seinem früheren Leben elf Kinder bekommen. Mit sieben verschiedenen Frauen! Wofür vor allem John ihm Respekt zollte. Chili und Jimi vergötterten ihn. Sie mochten seine ständige gute Laune und fanden – na klar! – seine Rastas cool. Als Babys hatten sie schon gern danach gegriffen. Aber dafür, dass Bob sie vor dem lästigen Haarekämmen beschützte, liebten sie ihn. Natürlich wollten sie sich auch Zöpfe flechten lassen, und es kostete Amy und Kurt viel Zeit und Mühe, ihnen diesen Plan auszureden. Nein, mit Bob konnte ich in punkto Zwillingsentertainment nicht mithalten.

»Bei Bob wollte ich ohnehin gleich vorbeigehen. Dann kann ich ja einfach nach ihnen schauen.«

»Mach das«, Amy stand auf und räumte die leeren Teller ab. »Und wenn du mal mit den beiden frühstücken willst, komm gerne vorbei. Lässt du halt in den nächsten Tagen mal deinen Sonnengruß ausfallen und bist stattdessen gleich nach Sonnenaufgang hier.«

Auch Kurt stand auf. Er pflichtete ihr bei. »Familienfrühstück mit Adschei. Das wäre doch mal was! Und Pearl Jam gibt's für dich dann auch.«

Üblicherweise hätte ich eine solche Einladung galant ausgeschlagen. Aber heute nicht, diese Chance wollte ich mir nicht entgehen lassen.

»Sagt mir Bescheid, wenn es euch passt, dann komme ich gern.«

»Für dich: any time«, sagte Kurt.

Amy stand jetzt hinter ihm, legte ihren Kopf auf seine Schulter und zog ihn mit beiden Armen an sich heran.

»Und während Adschei auf seiner Inspektionsrunde schaut, was Chili und Jimi gerade treiben«, ihr Satz ging in ein Säuseln über, »werden wir zwei Hübschen uns zu einer kleinen Siesta zurückziehen.«

Kurt hob seine Handflächen bedauernd nach oben.

»Sorry, ich wäre wirklich gern mit zu Bob gegangen, aber ich bin im Familienrat wohl gerade eindeutig überstimmt worden.«

Höchste Zeit aufzubrechen, dachte ich nur. Ich nickte Kurt freundlich zu und ging zur Tür.

Kurt rief mir hinterher: »Wie sagen du und deine Kollegen manchmal so schön *old school*? Stets zu Diensten.« Er wandte sich Amy zu und imitierte eine meiner Verbeugungen.

Und während Amy Kurt am Arm in Richtung Schlafzimmer zog, machte ich auch schon die Tür hinter mir zu.

12

Geheime Abschiedstournee in allen Ehren, dachte ich, aber ich war bestimmt nicht zum letzten Mal bei Familie Winehouse-Cobain. Im Gegenteil, ich würde ihnen von jetzt an so oft wie möglich einen Besuch abstatten. Von ihnen konnte ich mich nicht so leicht verabschieden! Sie gefielen mir immer besser. Man brauchte Amy und Kurt nur zwei Sekunden anzuschauen, dann sah man in jeder ihrer Poren, wie gut ihnen das Familienleben tat. Der Zusammenhalt, die Unterstützung, der gegenseitige Respekt …

Der Gedanke jedoch, dass ich in meinem Ruhestand die Zwillinge nicht weiter aufwachsen sehen würde, gefiel mir gar nicht. Und während ich zwischen den Hütten in Richtung Strand ging, wurde mir bewusst, dass ich selbst keine Familie hatte, und mehr noch, in diesem Leben auch keine mehr haben würde.

Das war durch nichts zu ersetzen. Oder doch? Zumindest würden meine Zielpersonen die trüben Gedanken schnell vertreiben. Ich stieg in mein Golfcart, fuhr Richtung Südstrand und hielt Ausschau nach Bob und den Zwillingen.

Dass er sich als Patenonkel jeden Tag rührend für ein paar Stunden um die beiden kümmert, ist das eine. Seine Vorliebe für spezielle Rauchwaren das andere. Und ich rede nicht von Tabak.

In seinem früheren Leben hatte Bob einmal gesagt: »Marihuana ist die Heilung der Nation, Alkohol die Zerstörung.« Und nach diesem Prinzip lebte er nun auch auf der Insel. Ein Dessert ließ er schon mal zurückgehen, wenn auch nur ein Hauch von Likör am Schälchen vorbeigezogen war. Um sich danach einen Joint reinzuziehen, der sieben Riesenschildkröten bei dreißig Grad im Schatten in den Winterschlaf geschickt hätte.

Immerhin ist sein Marihuanakonsum im Laufe der Zeit erheblich gesunken. John sagte einmal: »Wenn man den Rauch aus Bobs Hütte aufsteigen sieht, dann könnte man glauben, hier wird stündlich ein neuer Papst gewählt.« Aber das ist wirklich übertrieben. Es gibt auch Phasen, da lässt er das Gras beiseite und ist beim Basteln seiner Joints ähnlich experimentierfreudig wie Kurt in der Küche. Alle trinken grünen Tee mit Kokosflocken, er rollt ihn sich zusammen. »Ihr trinkt ihn, ich rauche ihn auch noch. Was doch nur beweist, dass ich der größte Kokostee-Liebhaber von allen bin«, sagte er dazu.

Böse Zungen unter den Kollegen behaupteten, die Zwillinge hätten ihr ausgeglichenes Wesen dem süßlichen Qualm zu verdanken, der Bob ab etwa zehn Uhr morgens umgab. In der Regel hat er die beiden etwa drei bis vier Stunden in seiner Obhut, wobei man sagen muss, dass etwa ein bis zwei Stunden Mittagsschlaf in den Hängematten bei seiner Hütte mit eingerechnet sind. Wenn einmal Tränen fließen oder die beiden nicht einschlafen wollen, spielt er ihnen *No woman no cry* oder irgendeinen anderen Reggae-Klassiker vor. Reggae-Musik wirkt halt nicht nur auf Erwachsene entspannend.

Irgendwann hatte Marilyn die »süßliche Wolke« zur Diskussion gestellt. Ob man da nicht mal was sagen sollte? Ob das denn nun wirklich in Gegenwart der Kinder sein müsse? Halt das volle, aber gut gemeinte Mutterprogramm. Kurt und Amy hatten reagiert, wie man es von guten Eltern erwartet. Sie gingen auf Marilyn ein, hörten zu und stellten viele Fragen. Sehr viele sogar, weil sie auch nach sage und schreibe vierzig Minuten noch nicht wussten, worauf Marilyn eigentlich hinauswollte. Ihre Vergangenheit machte es ihnen nicht unbedingt leicht, in Cannabis-Produkten eine Gefahr zu sehen, aber sie gaben sich wirklich Mühe.

Vor allem wussten sie, dass Bob sich vor den Kindern zurückhielt. Wo also war das Problem? Meine Vermutung ist, dass Marilyn einfach gern über Kindererziehung spricht, weil sie nie ein eigenes gehabt hat.

Als ich bei dem Hügel angekommen war, drosselte ich mein Golfcart auf Schritttempo und fuhr über die kleine Düne weiter. Ich sah sie schon von weitem. Allerdings waren sie nicht nur zu dritt. Neben ihnen stand Professor Wiesenhafen. Die Zwillinge winkten, als sie mich kommen sahen.

Ich parkte und ging die letzten paar Schritte zu Fuß. Sie sprangen an mir hoch, und ich hob Chili für eine kurze Umarmung zu mir nach oben, wobei er kicherte und gleich versuchte, mir eine Handvoll Sand hinten in den Hemdkragen rieseln zu lassen. Nur Unfug im Kopf, die beiden! Wiesenhafen war in Dozierlaune, das merkte ich gleich.

»Adschei, treten Sie näher, Sie kommen genau zum richtigen Zeitpunkt.« Er wendete sich wieder den Zwillingen zu. »Was ist? Habt ihr Lust auf ein kleines Experiment?«

»Aber klar, ein Experiment!«, rief Bob begeistert und hob jubelnd die Hände, als wäre die Frage an ihn gerichtet gewesen.

Chili und Jimi sahen ihn an. Was Bob mochte, musste witzig sein. Also hoben auch sie die Arme.

Bob war eigentlich mit den Zwillingen an den Strand gegangen, um ihnen zu zeigen, wie man flache Steine über das Wasser hüpfen lassen kann. Dort waren sie offenbar dem Professor über den Weg gelaufen, der sie als Publikum für ein Experiment gewonnen hatte, das mir nicht ganz wissenschaftlich vorkam.

Die Zutaten: zwei Riesenschildkröten und eine Orange.

Auf unserer Insel leben etwa zwanzig Riesenlandschildkröten. Sie gehören gewissermaßen zum Inventar unserer Insel, zum mobilen Inventar, und werden von Angestellten und Bewohnern gleichermaßen gefüttert, gehegt und gepflegt. Sie galten zwar nicht als heilig wie die Kühe in meiner Heimat, aber Wiesenhafen arbeitete an diesem Status. Aufmerksamkeit und Bewunderung waren ihnen jedenfalls gewiss.

Bevor es losging, kam auch noch Michael aus Richtung Weststrand hinzu und parkte sein Golfcart gleich neben uns. Er trug seinen Lederbeutel bei sich, offenbar kam er gerade vom Muschelsammeln.

»Hey, ich hoffe, ich störe nicht? Was gibt's denn hier zu sehen?«

»Ein Exkeriment, ein Exkeriment«, rief Jimi aufgeregt.

»Wow«, sagte Michael und nahm die Sonnenbrille ab. »Wusste gar nicht, dass wir hier ein Förderprogramm für den akademischen Nachwuchs haben.«

Wiesenhafen ignorierte die Bemerkung und übernahm das Kommando.

»Meine Herren, Sie sehen hier zwei ausgewachsene männliche Exemplare der Gattung *Aldabrachelys gigantea*. Der gepanzerte Riese zu Ihrer Rechten hört auf den Namen Brutus, links Cäsar.«

Wiesenhafen bückte sich und stemmte sich mit aller Kraft gegen Cäsar. Er schob den Panzer durch den Sand, bis sich die Schildkröten im Abstand von etwa einem Meter direkt gegenüber saßen.

»Es handelt sich bei diesem Experiment um ein sogenanntes Nahrungsduell. Ein Naturspektakel der besonderen Art.«

In der Tat, es wurde ein sehenswertes Spektakel. Zuerst hielt der Professor seine Arme ausgestreckt, in jeder Hand eine Orangenhälfte. Diese hielt er Brutus und Cäsar zeitgleich vor die Mäuler. Als sich die beiden nach etwa einer halben Minute interessiert zeigten und ihren Hals in Richtung Orange reckten, zog Wiesenhafen seine Hände zurück. Er machte eine ausladende Bewegung, als wäre er ein Zirkuszauberer, und platzierte nur eine Orangenhälfte exakt in der Mitte zwischen Brutus und Cäsar.

Eine echte Pattsituation. Keiner der beiden hatte einen Vorteil. Sie schlichen synchron zwei, drei Schritte nach vorn, fuhren ihren Kopf so weit aus, wie es ging – und bissen gleichzeitig zu. Kopf an Kopf saßen sie sich nun gegenüber, jeder mit seinem Ende der Orangenhälfte im Maul. Punkt. Keine ruckartigen Bewegungen mit dem Kopf wie bei Hunden oder gar Knurren. Wer von den beiden zuerst abbiss, hatte den Kampf verloren, das stand fest. Denn der andere würde das größere Reststück bekommen.

Wiesenhafen klatschte in die Hände. »Es klappt!«

»Das Exkeriment klappt!« Auch Chili und Jimi klatschten fröhlich mit.

»Und jetzt können Sie verfolgen«, hob Wiesenhafen bedeutungsschwer an, »was in der freien Natur nur sehr selten zu beobachten ist.«

Da standen also nun vor mir: ein vergeistigter Wissenschaftler, ein verträumter Muschelsammler, zwei Kinder und ein passionierter Kiffer – und alle fünf starrten wie gebannt auf zwei Riesenschildkröten. Schon seltsam, wunderte ich mich – wie sich die Interessen der unterschiedlichsten Menschen auf einmal überschneiden können …

Und was passierte? Nichts! Ungelogen – gar nichts!

Brutus und Cäsar verharrten und rührten sich keinen Millimeter. Es war klar: In diesem Konflikt wurde massiv auf Zeit gespielt. Ich glaube, die Kontrahenten spekulierten auf ein plötzliches Ableben des Gegenübers. Das musste der Plan sein, was sollten sie sonst im Schilde führen? Vielleicht war das ja auch der Grund, weshalb Schildkröten so lange leben. Ihre unendliche Geduld.

»Man weiß nie, wie lange es dauert und wie es ausgeht.« Der Professor rieb sich die Hände, er war im siebten Forscherhimmel.

Die Zwillinge hingegen verloren nach drei Minuten das Interesse. Sie liefen weg und sammelten lieber heruntergefallene Kokosnüsse.

Nach weiteren fünf Minuten wurde selbst Bob für seine Verhältnisse richtig unruhig. »Sagen Sie, Wiesenhafen, wie lange kann das noch so gehen?«

»Es sind Nahrungsduelle dokumentiert, die mehrere Tage dauerten.« Der Professor putzte sich die Brille.

Diese Prognose war Michael zu viel.

»Hey, Herr Professor, vielen Dank für die interessanten Einblicke. Ihre gepanzerten Freunde sind Wahnsinn, aber ich düse jetzt mal lieber heim.« Er spreizte Zeige- und Mittelfinger zum V.

»Warum denn so abrupt, Michael, wir wollten doch gerade noch …«

»Tja«, fiel Michael ihm ins Wort, »ich glaube, die Muschelfunde von heute morgen wollen noch dringend bestimmt werden.«

Sprach es und stieg in sein Golfcart, das er direkt neben Wiesenhafens Schemel geparkt hatte.

»Professor«, Michael tippte lässig an den Schirm seiner Basecap. Dann hielt er die Hand an die Schläfe, salutierte und rückte lässig seine Sonnenbrille zurecht.

Nachdem Michael den Schlüssel gedreht hatte, betätigte er den Schalthebel und gab Gas. Er hielt beide Arme wie ein Playmobil-Männchen fest am Lenkrad, Kopf geradeaus – und voll Stoff.

Sah alles nach einem mächtig lässigen Abgang aus. Allerdings nur bis hier und kein Stück weiter.

Denn hinter seiner verspiegelten Sonnenbrille hatte

Michael offenbar einen wichtigen Unterschied übersehen. Genauer gesagt: den Unterschied, den zwei winzige Striche machen können. Die Striche, welche die Buchstaben D und R voneinander unterscheiden. »D« für »Drive«, »R« für »Reverse«.

Nun, wie soll ich's sagen – bei dieser Verwechslung hilft jedenfalls kein Schulterblick. Das Golfcart machte einen Riesensatz nach hinten, der eben noch zurückgelehnte Michael knallte mit dem Kopf beinahe gegen das Lenkrad. Erst machte es »Rrrrums«, Sand flog auf, Wiesenhafen sprang in Deckung.

Dann: »Knack«.

Sie kennen sicher dieses gewisse »Knack«, bei dem jeder Autofahrer genau weiß, da ist nicht nur irgendwas kaputtgegangen, sondern es wird wohl auch teuer. Hier knackte es anders. Es splitterte kein Plastik, es zerbrach kein Glas ...

Michael blieb einfach still sitzen. Kinder pflegen solche Sachen ja auch gerne auszusitzen – einfach nicht hingucken, und dann war ich's halt nicht. Nicht bewegen, nicht gucken, wird schon vorübergehen.

Ich lief zu dem Golfcart, auch Wiesenhafen hüpfte umher. Was hatte das Gefährt gestoppt? Woher das Geräusch?

Es war Brutus. Brutus hatte in diesem Moment nicht nur das Nahrungsduell verloren, weil er die Orangenhälfte vor Schreck losließ, sondern hatte von der Kollision mit Michaels Golfcart auch ordentlich etwas abgekriegt. Sein Panzer war auf einer Länge von etwa zwanzig Zentimetern oberhalb des Kopfes eingerissen.

Aber es war glücklicherweise nur, sagen wir mal, ein Karosserieschaden, der den Insassen nicht gefährdete. Brutus hatte ganz offensichtlich keinerlei Schmerzen, und der Panzer ließ sich wieder flicken.

Wiesenhafen war sofort zur Stelle. Untersuchte Brutus und gab gleich Entwarnung.

Doch all diese Fakten spielten für Michael Jackson, den King of Pop und größten Tierliebhaber, der die Welt je betreten hat, überhaupt keine Rolle. Als er sich endlich rührte und das Golfcart verließ, erkannte er, was er angerichtet hatte. Er war am Boden zerstört und ließ sich überhaupt nicht wieder beruhigen.

»Michael«, sagte ich ihm, »Brutus lebt. Immer ruhig, ihm geht's super – kleiner Lackschaden, sonst nichts …«

Damit wir uns richtig verstehen: Brutus ging es tatsächlich blendend. Er fraß inzwischen eine neue Orange, die ihm Wiesenhafen hingelegt hatte. Dass seine mobile Wohneinheit oberhalb des Dachstuhls einen kleinen Riss aufwies, war ihm völlig entgangen.

Doch Michael bekam davon nichts mit, er stand wie paralysiert neben seinem Golfcart und glotzte auf den Hinterreifen.

Bob sagte zu den Zwillingen, die sich über das Spektakel kringelig lachten: »Chili, Jimi, seht ihr? Die Schildkröte macht's richtig, die bleibt in jeder Situation entspannt! Alle hüpfen herum, dabei ist nix Schlimmes passiert … Immer nur die Ruhe bewahren!« Keinem nahm man diese Lebensweisheit mehr ab als Bob.

Chili und Jim nickten, sahen Brutus noch kurz dabei zu, wie er die Orange fraß – und plötzlich war die nächste Sandkuhle schon wieder interessanter. Sie rafften ihre großen und kleinen Kokosnüsse zusammen und fetzten weiter.

Bob verabschiedete sich und lief hinterher.

»Wir sehen uns! Und nicht vergessen: mit diesen Zeitgenossen, immer tranquille …«

»Danke, Mr. Marley, sehr eloquent.« Wiesenhafen war regelrecht sauer. »Das hier ist alles kein Problem. Brutus geht's gut, und den kleinen Panzerschaden haben wir im Nu behoben. Aber trotzdem ist dies kein guter Zeitpunkt für blöde Sprüche.« Wiesenhafen erklärte uns, dass er vorhabe, den Panzer mit einer Heißklebepistole zu reparieren.

Doch plötzlich funkte ihm Michael dazwischen. Sichtlich mitgenommen kniete er sich vor Brutus und versuchte, Körperkontakt herzustellen. Er streichelte den Panzer und küsste die beschädigte Stelle, wieder und wieder. Brutus brachte sicher zweihundert Kilo auf die Waage, an eine Umarmung war also nicht zu denken. Dass er aber dem King of Pop auch jede Zutraulichkeit verweigerte, indem er einfach seinen Kopf in den Panzer zog? Das war für Michael ein Zeichen des herannahenden Todes.

»Brutus, Brutus – schaut bloß, er zieht sich zum Sterben zurück«, stammelte er und versuchte, seinerseits mit seinem Kopf ein Stück in die Panzeröffnung zu gelangen.

Ich glaube, Brutus erkannte spätestens jetzt, dass er einen schlimmen Tag erwischt hatte. Erst das Erdbeben und nun ein Irrer, der ihm die Terrasse vollheulte und versuchte, in sein Haus einzudringen.

Ich setzte noch einmal an, Michael zu erklären, dass das alles keine große Sache war, aber er hörte nicht zu. Er murmelte etwas von einem *Brutus Memorial Day*, den wir einführen müssten.

Jetzt schaltete sich Wiesenhafen ein. »Adschei, es ist genug, wirklich!«, blaffte er mich an. »Es scheint mir, dass Brutus weitaus weniger zur vollständigen Genesung fehlt als Herrn Michael! Wenn meine Behandlung erfolgreich sein wird, und davon gehe ich aus, dann hat er noch einige Jahrzehnte vor sich. Sollen wir Herrn Presley rufen?«

Ich war perplex. »Warum denn Elvis?«, fragte ich nur.

»Na, warum wohl, soll sich doch die Verwandtschaft um diesen überempfindlichen …«

»Um diesen was?«, fragte ich streng zurück.

»Wenn Herr Presley bloß …«, sagte Wiesenhafen, doch weiter kam er nicht.

Michael hörte schlagartig auf zu klagen, er hatte wohl Teile des Gesprächs doch mitbekommen. Er ließ von Brutus ab, riss sich zusammen und sagte nüchtern: »Ich denke, Mr. Presley ist gerade unabkömmlich, Herr Professor.«

»Aber …«

»Nein, er hat wirklich keine Zeit. Keine Diskussion.« Wiesenhafen und ich schauten uns ziemlich verdutzt an.

»Mein lieber Michael«, versuchte ich es, »wollen wir …«

»Nein, Adschei, wollen wir nicht!« Was war nur mit Michael plötzlich los? Warum so rabiat? »Elvis hat mit der Sache nichts zu tun!«

Ein Hauch von Panik und Angst klang in seiner Stimme mit. Michael ließ Brutus links liegen, genau wie den Professor und mich, rückte sein Basecap zurecht und schwang sich in sein Golfcart. Dieses Mal startete er es mit dem nötigen Vorwärtsantrieb und war keine fünf Sekunden später aus meinem Blickfeld verschwunden.

Was blieb? Wiesenhafen, der schon wieder auf seinem Schemel saß und Notizen in sein Heft kritzelte. Und bei mir ein schaler Nachgeschmack. So sprunghaft hatte ich Michael noch nicht erlebt. In der einen Sekunde der Coolste weit und breit, dann zu Tränen gerührt und schließlich hart, verschlossen und panisch. Und alles innerhalb von fünf Minuten! Klar, er hatte immer mal wieder seine speziellen Momente – aber das? Und warum diese panische Reaktion bei der Erwähnung von Elvis?

Ich nahm mir vor, mich am nächsten Tag gleich um zwei »Patienten« ausführlich zu kümmern. Michael *und* Elvis.

13

Am nächsten Tag fuhr ich sofort nach meiner üblichen Morgenroutine zu Elvis. Als auf mein wiederholtes Klopfen niemand reagierte, rüttelte ich an der Tür. Erst ganz vorsichtig, dann entschlossener. Obwohl mir das äußerst seltsam vorkam, zögerte ich immer noch. Die Privatsphäre unserer Gäste ist mir heilig. Aber dann – schließlich handelte es sich um einen Ausnahmefall – drückte ich die Klinke runter, öffnete die Tür. Bei uns auf der Insel ist keine Hütte verschlossen. Das wird von unseren Bewohnern ausdrücklich so gewünscht.

Vorsichtig betrat ich die Hütte. Das Panoramafenster war leicht gekippt, eine Brise vom Meer hielt den dünnen Vorhang in Bewegung. Elvis' Hütte war mit leichten Anklängen an seine berühmte Graceland-Villa in Memphis gestaltet worden. Besonderer Blickfang im Wohnzimmer war eine Original-Wurlitzer-Musikbox, in der all seine Aufnahmen in Premiumqualität gestapelt waren. »Mint Condition«, wie der

Sammler sagen würde, denn Elvis fand seine Originale viel zu kostbar, als dass er sie durch Abspielen entweihen würde.

Für den täglichen Musikgebrauch nutzte Elvis einen CD-Wechsler von einer skandinavischen Designfirma. Normalerweise waberte durch die Räume dezente Ambient-Musik, aber nun fand ich auf der Spindel eine CD mit Elvis' größten Hits. Das war ungewöhnlich, denn Elvis war keinesfalls so eitel, wie viele dachten, und hörte sich seine eigenen Songs nur selten an. Und John Lennon, für den Elvis immer noch der Größte war, musste den King ganz schön lange bitten, bis der ihm mal auf der Gitarre einen Song vorspielte. Vorsichtig, weil ich nicht wusste, was mich in den anderen Räumen erwarten würde, durchsuchte ich die Hütte. Es gab einen begehbaren Kleiderschrank, in dem auf der Stange eine große Kollektion von Elvis' weißen Bühnenanzügen aufgereiht war. Sie passten ihm inzwischen fast alle nicht mehr, da er im Laufe der Jahre sicher dreißig Kilo abgespeckt hatte. In seinem Schlafzimmer hing ein überlebensgroßes Ölporträt, das ihn bei seiner Hochzeit mit Priscilla zeigte. Im Wohnzimmer hingen viele kleinere Bilder, darunter auch eins von seinem Wehrdienst in Deutschland. Aber nirgendwo eine Spur von Elvis. Seine Sachen schienen alle noch vollständig zu sein. Widerstrebend ging ich ins Bad. Seine Wasch- und Rasierutensilien waren ordentlich über dem Waschbecken aufgereiht. Mit einer Ausnahme: Seine Pomade fehlte. Das konnte nicht sein! Meine Kollegen waren angehalten, täglich danach zu schauen. Die Pomadedose stand seit Jahrzehnten an immer derselben Stelle. Mich durchzuckte ein schrecklicher Verdacht. Sollte der King of Rock 'n' Roll tatsächlich wieder getürmt sein?

Noch einmal dasselbe Spielchen? Nein, bitte nicht!

Zu meiner Schande muss ich gestehen, dass Elvis uns vor zehn Jahren schon einmal ausgebüxt ist. Im zarten Alter von siebzig Jahren hatte Elvis das gesamte Sicherheitspersonal ausgetrickst. Was er in diesen Tagen erlebte, weiß bis heute kein Mensch. Elvis hat nie ein Sterbenswörtchen über die Zeit verloren. Wir rätselten lange, was er denn damals wohl angestellt haben könnte und vor allem, wie es ihm gelungen war, die Insel zu verlassen, fanden uns aber schließlich damit ab, dass er dieses Geheimnis wohl mit ins Grab nehmen würde.

Für einen Moment wurde mir schwarz vor Augen. Ich musste mich hinsetzen, mein Atem ging schwer. Mit äußerster Disziplin und einigen Yoga-Atemübungen zwang ich mich zur Ruhe. Einatmen, ausatmen, einatmen, ausatmen – nach einer Minute konnte ich wieder klar denken und aufstehen. Gestern noch hatte es so ausgesehen, als würde mein Inseldasein hier in absehbarer Zeit zu einem guten Ende kommen – und nun war vielleicht die Insel und unsere Zukunft in Gefahr.

Ich musste umgehend Sir Richard informieren. Doch halt, war jetzt schon der richtige Zeitpunkt? Bis jetzt hatte ich nur einen Verdacht, ein Bauchgefühl. Ich stellte mir vor, wie das Gespräch verlaufen würde.

Ich: »Sir Richard, Sir Richard, etwas Schreckliches ist passiert!«

Sir Richard (geduldig): »Was denn, Adschei?«

Ich: »Elvis ist weg.«

Sir Richard (nach einer kurzen Pause): »Woher weißt du das?«

Ich: »Na ja, seine Pomade fehlt und …«

Sir Richard: »Was, und?«

Ich: »Na, Michael hat gestern auch so komisch reagiert …«

Sir Richard würde glauben, ich hätte mit Bob einen Joint geraucht.

Nein, so ging das nicht. Bevor ich wegen Elvis' Flucht Alarm schlug, musste ich mir ganz sicher sein. Obwohl mir die Dramatik der Lage bewusst war, war ich nun innerlich ganz ruhig. Ich kam mir ein bisschen wie der Ermittler in einem Krimi vor. Ich hatte einen schrecklichen Verdacht, aber um ihn zu belegen – oder zu entkräften – brauchte ich Beweise und Indizien. Allerdings konnte ich schlecht über die Insel spazieren und die Insulaner verhören – auch wenn mich die Vorstellung kurz amüsierte: »Mrs. Monroe, hatte Mr. Presley irgendwelche Feinde?«

Nein, das war natürlich Unfug, aber die Idee, Marilyn zu befragen war nicht verkehrt. Schließlich war sie die Erfinderin der Gesichtsbücher, und da Elvis die Tafeln wie alle anderen auch mit Begeisterung nutzte, konnte ich von seinem Gesichtsbuch bestimmt ablesen, was ihm so durch den Kopf ging.

Ich schwang mich in mein Golfcart und fuhr zur Plaza.

Auf seiner Tafel konnte ich erkennen, dass er sich seit der Ankunft von Professor Wiesenhafen immer stärker mit seiner Karriere und seiner Vergangenheit beschäftigt hatte. Wo sonst seine Aktivitäten auf der Insel Thema waren, waren nun Jubiläen – das Comeback auf Hawaii, die Auftritte in Las Vegas – markiert worden, und in der Fotoecke hatte Elvis so gut wie jeden getaggt, mit dem er damals zu tun hatte. Ein Großteil der Leute lebte nicht mehr, aber selbst wenn wir die restlichen aufsuchen mussten, hatten wir eine Menge zu tun.

Bestimmt haben Sie schon mal davon gehört, dass einem nach einer gescheiterten Ehe plötzlich all die kleinen Vorzeichen bewusst werden, die das Ende lange vorher angekündigt haben. So ähnlich ging es mir gerade. Mir kamen plötzlich Momente in den Sinn, die mich hätten stutzig machen müssen. Was war aus meinen Antennen geworden, mit denen ich früher schon die leisesten Stimmungsschwankungen registriert hatte?

Warum hatte ich Elvis nicht auf den Zahn gefühlt, als er eingeschnappt war, weil Wiesenhafen in ihm nicht den King erkannte? Das passte überhaupt nicht zu ihm. Warum war mir nicht aufgefallen, dass Elvis immer wieder die Rede auf die Zeit seines größten Ruhms brachte? Warum hatte ich ihn nicht darauf angesprochen, als er beim Sport sich und uns ganz offensichtlich etwas beweisen wollte? Warum hatte ich nicht reagiert, als er die anderen Bewohner und auch mich fragte, wie wir ihn denn früher so fanden oder welches unser Lieblingslied von ihm sei?

So berechtigt die Vorwürfe sein mochten, die ich mir machte, jetzt war keine Zeit, darüber nachzugrübeln. Ich konnte nur hoffen, dass Elvis so schnell wie möglich wieder auftauchte, und dann beten, dass mein Nachfolger – wer immer es denn sein würde – von diesen Schicksalsschlägen verschont blieb.

In meinem Kopf gewann wieder der Ermittler die Oberhand. Auf der Insel gab es einen Menschen, der Elvis näher stand als jeder andere.

Und dieser Mensch hatte sich gestern am Strand, bei dem Unfall mit Brutus, auch noch ziemlich merkwürdig verhalten: Michael. Okay, Michael kommt in vielen Situationen etwas merkwürdig rüber, aber ich beschloss, meiner Intuition zu vertrauen. Wenn die Flucht des King of Rock 'n' Roll keine spontane Aktion gewesen war – und davon konnte man wohl ausgehen –, dann war die Wahrscheinlichkeit recht groß, dass der andere King, nämlich der King of Pop, in die Vorbereitungen eingeweiht war.

Mit dem Golfcart war ich keine zwei Minuten später bei Michael.

Seine Hütte ist ziemlich groß. Sie sieht aus wie die Mischung aus einem Disney-Märchenschloss und einer Hüpfburg. Drinnen steht eine gigantische Sammlung von Spielekonsolen aus den achtziger und neunziger Jahren. Michael hat keine richtige Jugend gehabt, die hat man ihm einfach geraubt. Alles, was uns manchmal komisch vorkommt, etwa dass sich ein erwachsener Mann Dinge zum Geburtstag wünscht, die sonst wohl auf dem Wunschzettel eines Fünfzehnjährigen stehen, ist eigentlich ganz einfach zu erklären. Michael holte im Jetzt und Hier seine Jugend nach, mit allem, was dazugehört. Ich suchte alles ab, fand aber nirgendwo eine Spur von ihm. Er war doch nicht etwa auch …

Ich düste an den Strand und sah zu meiner Erleichterung, dass meine Befürchtung unbegründet gewesen war. Michael hockte im Sand und betrachtete eine Muschel.

»Hi, Adschei«, sagte er.

»Hallo, Michael«, erwiderte ich. »Sag mal, hast du zufällig Elvis gesehen?«

»Nein«, antwortete er. »Warum sollte ich?« Dabei wich

er meinem Blick aus. »Ich suche einfach nur Muscheln, weißt du.« Sein schuldbewusstes Gesicht sprach Bände. Vor ihm lag eine einzige Muschel. Und die war nicht einmal besonders hübsch.

»Schon lange?«, fragte ich.

»Ja, seit vorhin.«

Michael war es sichtlich unangenehm, die Unwahrheit zu sagen. Ich setzte mich neben ihn in den Sand.

»Michael, wir alle scheuen davor zurück, einen Freund zu verraten …«, begann ich.

»Er ist mehr als ein Freund. Er ist mein Schwiegervater«, sagte Michael.

Sofort bemerkte er sein ungewolltes Schuldeingeständnis, wirkte aber fast erleichtert darüber. »Adschei, du musst mich verstehen«, sagte Michael.

»Das tue ich doch«, erwiderte ich. »Aber du musst verstehen, dass der Ausflug deines Schwiegervater ein großes Risiko ist, sowohl für ihn als auch für uns alle hier auf der Insel. Was passiert, wenn er entdeckt wird?«

»Ja, ich weiß«, sagte Michael und starrte traurig in den Sand. Er erkannte die Gefahr selbstverständlich, seine Loyalität hatte ihn in eine Lage gebracht, um die er nicht zu beneiden war.

Mir machte das Kommissarspielen keinen Spaß mehr. Wie Michael dasaß, so kleinlaut und ertappt, tat er mir wirklich leid.

»Hat dir Elvis denn in den letzten Tagen irgendetwas über seine Pläne erzählt? Wo er hinwollte? Was er machen wollte?«

»Bitte, Adschei. Ich habe ihm versprochen, nichts zu sagen. Ich will ihn nicht enttäuschen. Bitte!«, flehte er. »Elvis war hier immer wie ein Vater zu mir. Ich meine, so wie man sich einen Vater wünscht. Nicht wie mein richtiger Vater. Bitte, ich kann dir wirklich nicht helfen.«

Ich machte noch einen letzten vorsichtigen Versuch.

»Ich versteh dich ja. Aber auf der Insel würde ich ihn nicht finden, wenn ich hier weitersuche – oder, Michael? Auf der Insel ist Elvis nicht mehr, stimmt das?«

Ein kaum merkliches Nicken. Mehr konnte ich Michael nicht entlocken. Aber immerhin hatte ich die Gewissheit, dass Elvis definitiv die Insel verlassen hatte. Und nun war es höchste Zeit, Sir Richard zu informieren, der zum Glück noch immer bei uns auf der Insel war.

14

Mein Gespräch mit Sir Richard ähnelte ein bisschen der Unterhaltung zwischen mir und Michael am Strand. Nur waren diesmal die Rollen vertauscht. Nun war ich der Kleinlaute, während Sir Richard aufmerksam zuhörte und die Fäden in der Hand behielt.

Als ich meinen Bericht beendet hatte, sagte er erst mal kein Wort. Er zückte nur sein Telefon und setzte sich mit den Sicherheitsleuten in Verbindung. Sein Ton war sachlich, ja vielleicht sogar etwas unterkühlt.

Als er aufgelegt hatte, strich er sich kurz über den Bart. »*Elvis has left the building* war gestern. Heute heißt's: *Elvis has left the island.*« Sir Richard zuckte mit den Schultern, er bewahrte sich auch in Krisenmomenten seinen typisch britischen Humor.

»Noch einmal, Sir, ich mache mir die größten Vorwürfe.«

»Dafür gibt es keinen Grund«, entgegnete Sir Richard. »Du bist auf unserer Insel der Butler, der sich um das Wohl unserer Gäste kümmern soll. Und diesen Job machst du sehr gut.«

Er erhob sich, weil er – wie er mir einmal anvertraut hatte – besser nachdenken konnte, wenn er auf und ab ging.

»Für die Flucht von Elvis ist die Security verantwortlich. Nicht du und auch nicht Michael. Das werde ich denen bei Gelegenheit noch einmal deutlich sagen.«

»Werden Sie sich denn jetzt weiter persönlich um die Sache kümmern?«

Sir Richard lachte kurz auf. »Nein, auf keinen Fall. Das hieße ja, den Bock zum Gärtner machen.« Er sah mich aufmunternd an. »Ich fürchte, diese Aufgabe werde ich vertrauensvoll in deine Hände legen müssen.«

»Aber … aber ich habe doch gar keine Ahnung, wo ich nach Elvis suchen soll!«

»Adschei, da er wohl kaum geschwommen ist, gibt es nur einen Weg von unserem Eiland, und der führt mit dem Wasserflugzeug zur großen Insel. Ich vermute, dass sich Elvis noch dort befindet.« Plötzlich schien Sir Richard ein anderer Gedanke gekommen zu sein. »In gewisser Weise trifft sich das sogar sehr gut.«

Er schwieg und schien weiter nachzugrübeln.

Bis ich schließlich zu fragen wagte: »Was trifft sich sehr gut, Sir?«

Er trat ans Fenster und sah hinaus. »So ernst die Lage ist, wir dürfen darüber nicht vergessen, dass das Leben immer weitergeht. Es gibt da einen Mann, den ich dir eigentlich erst später vorstellen wollte.«

»Mir vorstellen?«

»Nein, eigentlich soll er sich dir vorstellen. Ein Bewerber.«

»Ein Bewerber? Sie meinen, für meine Nachfolge?«

»Ja, genau. Wir haben insgesamt über hundert Kandidaten gründlich gecheckt, und davon kommt nur einer wirklich infrage – aber eingestellt habe ich ihn noch nicht. Das letzte Wort bei dieser Entscheidung möchte ich dir überlassen.«

Ich fühlte mich geehrt.

»Keiner kennt die Herausforderungen deines Jobs so gut wie du, Adschei.«

»Aber wie soll …«

»Ihr werdet euch in einem Café treffen. Das werde ich alles arrangieren. Die Security bleibt im Hintergrund und hat nichts zu melden. Du kannst ihn von mir aus auch einer Prüfung unterziehen, wenn du willst.«

»Ich weiß nicht, ob ich dazu jetzt die Nerven habe. Können wir damit nicht warten, bis wir Elvis gefunden haben?«

»Nein, ich weiß, dass es vielleicht komisch für dich ist, aber ich glaube, er kann dir bei der Suche eine große Hilfe sein.«

»Aber das letzte Wort habe ich?«, fragte ich vorsichtig.

»Das letzte Wort hast du«, bestätigte Sir Richard.

Ich nickte. Ein ziemlich großer Brocken Verantwortung lastete da auf meinen Schultern, aber ich war bereit, mich der Herausforderung zu stellen.

»Wie heißt denn mein … mein potenzieller Nachfolger eigentlich?«

»Pranath«, sagte Sir Richard.

»Pranath«, murmelte ich, während ich zur Tür ging.

Als ich die Hand auf die Klinke legte, sagte Sir Richard: »Ach, da wäre noch etwas.«

»Ja?«, entgegnete ich zögerlich.

Sir Richard überlegte wieder für einen Moment, dann sagte er: »Nein. Das besprechen wir, wenn wir diese Angelegenheit hinter uns gebracht haben.«

Und damit war das Gespräch beendet. Ich dachte kurz darüber nach, was Sir Richard mir noch hatte mitteilen wollen, dann richtete ich den Fokus voll und ganz auf meine beiden dringlichsten Aufgaben: meinen Nachfolger treffen, Elvis finden.

15

Als ich auf der großen Insel aus dem Flugzeug stieg, traf mich die feuchtschwüle Hitze so, als würde ich gegen eine Wand laufen. Es ist schon verblüffend, wie sehr sich das Klima auf zwei so dicht beieinander liegenden Inseln unterscheiden kann. Vielleicht hat die Atmosphäre ja wirklich mit dem Karma der Leute zu tun.

Das Leben auf der großen Insel – vor allem in ihrer Hauptstadt – war laut, turbulent und hektisch. Ich hatte einige Mühe, mich zurechtzufinden, was nicht nur daran lag, dass ich in dieser Welt, in der ich in den letzten Jahrzehnten nur äußerst sporadisch gewesen bin, ein Fremder war. Dass sich die Welt technisch rasant entwickelt, war mir bewusst gewesen, aber auch der Umgang der Menschen erschien mir fremd, ja mitunter geradezu befremdlich. Niemand schien sich Zeit füreinander zu nehmen, jeder stürmte unbeirrt auf seinem eigenen Pfad voran, das Mobiltelefon fest umklammert. Als ich jung war, hatte es diese Geräte noch gar nicht gegeben, und noch lange Zeit später hätte man jeden ausgelacht, der mit einem Telefon etwas anderes machen wollte als telefonieren.

Im wahrsten Sinne des Wortes tastete ich mich Schritt für Schritt in die ungewohnte Umgebung voran. Erst als ich das Zentrum der Stadt erreicht hatte, fiel mir die Orientierung leichter, denn hier war ich einst zu Hause gewesen. Hier hatte ich geglaubt, mein großes Glück gefunden zu haben.

Ob es den Juwelier, in dem ich damals den Ring für Leela gekauft hatte, wohl immer noch gab? Zu meiner Überraschung empfand ich weder Trauer noch Bestürzung, sondern nur eine seltsame Distanz, was auch damit zu tun haben konnte, dass das Juweliergeschäft verschwunden war. Inzwischen hatte es sich hier eine Boutique gemütlich gemacht, in der billige farbenfrohe Saris verkauft wurden.

Das Café, in dem ich Pranath treffen sollte, fand ich trotz meiner anfänglichen Orientierungslosigkeit schnell. Ich war zu früh da, weil ich aber keine Lust mehr hatte, mich in den Inseltrubel zu stürzen, suchte ich mir einen Tisch im hinteren Teil des Cafés, der etwas abgelegen und so gut für vertrauliche Gespräche geeignet war.

Mein Blick fiel auf meine Silhouette, die sich in der Fensterscheibe des Cafés spiegelte. Vor mein geistiges Auge trat das Bild, welches ich vor Jahrzehnten abgegeben hatte, als ich damals hier gewesen war. Natürlich war ich im Laufe der Jahre älter und reifer geworden, aber ich war noch unverkennbar derselbe Adschei.

Verbitterung und Enttäuschung, die man so vielen Menschen nach langen Jahren ansieht, konnte ich an mir beim besten Willen nicht entdecken. Auch der Zynismus von

Leuten, die ihren ursprünglichen Traumjob ausüben und nach Jahren feststellen müssen, dass ihr Traum sich immer mehr als Albtraum entpuppt, war mir fremd.

Und deshalb war ich, trotz aller Schicksalsschläge, immer noch glücklich mit meiner Entscheidung von damals. Ich hoffte, mein Nachfolger würde eines Tages dasselbe über sich sagen können.

Der vordere Teil des Cafés war gut gefüllt mit Touristen, die von übermotivierten Händlern bedrängt wurden. Ich ließ meinen Blick über die Gäste schweifen. Eine Wahrsagerin, die ihre Augen mit Kajalstift dick umrandet hatte, näherte sich einem Pärchen. Mann und Frau waren ergraut, über den ersten Frühling schon lange hinweg, aber das Leuchten in ihren Augen zeigte, dass eine Reise auf die Insel ein altes Feuer neu entfacht hatte. Ich erinnerte mich, dass Sir Richard mir einmal erzählt hatte, dass die Insel bei Leuten, die es sich leisten konnten, ein beliebtes Flitterwochenziel sei – und offenbar wirkte ihr Zauber auch beim zweiten Mal. Zumindest hoffte ich, dass sie mit ihrer Liebe mehr Glück hatten als ich.

Die Wahrsagerin bewegte ihre Arme theatralisch und ließ Ringe und Ketten klimpern.

»Ich verraten großes Geheimnis«, säuselte sie.

Aus dem Nichts zauberte sie eine Kristallkugel hervor und ließ sie dramatisch in ihren verknöcherten Händen kreisen.

Ein Blick auf meine Uhr sagte mir, dass bis zur Ankunft Pranaths noch etwas Zeit war, und ich mich in Ruhe diesem Schauspiel widmen konnte.

Die Frau öffnete den Mund. Sie wollte etwas sagen.

»Pssst«, machte die Wahrsagerin. Sie senkte die Kristallkugel und fixierte das Paar.

»Du«, ihr Zeigefinger schnellte zur Brust des Mannes. »Und du.« Der Zeigefinger stoppte diesmal vor dem wogenden Busen der Frau. »Beide haben langes Leben glücklich.«

Der Mann lächelte und gab seiner Frau einen Kuss. Ich schmunzelte. Wenn nur alle Geheimnisse dieser Welt so einfach zu enthüllen wären.

Die Wahrsagerin hatte mich auf eine Idee gebracht. Selbst wenn man nicht an Wahrsager und Prophezeiungen glaubt, dann sagt doch die Art und Weise, wie ein Mensch auf so einen Auftritt reagiert, eine ganze Menge über ihn aus. Wenn mein Plan aufging, so würde ich am Ende des Tages wissen, ob Pranath sich als mein Nachfolger eignete. Er war von den einschlägigen Mitarbeitern der Organisation auf seine fachliche Qualifikation und seinen familiären Hintergrund geprüft worden, da war alles in Ordnung. Mir blieb nur noch, seine charakterliche Eignung zu prüfen, und da kam die Suche nach Elvis gerade recht.

Aber was heißt hier nur? Das war ja gerade die entscheidende Frage. Ich hatte eine Verantwortung gegenüber den Inselbewohnern, Sir Richard und auch mir selbst. Ich wusste, dass einige unserer Security-Leute am Eingang des Cafés postiert waren. Sollte der junge Bewerber ablehnen, würden sie ihm wohl zumindest das »Wiesenhafen-Treatment« verpassen.

Ich versuchte, mich in den jungen Mann hineinzuversetzen. Er hatte ein geheimnisvolles Angebot bekommen, das lukrativ und verlockend klang. Deshalb mutmaßte ich, dass er aus einfachen Verhältnissen kam. Wenn er aus einer reichen Familie kam, dann war er vermutlich sehr abenteuerlustig oder möglicherweise gelangweilt. Das musste nicht bedeuten, dass er für diesen Job ungeeignet wäre, aber ich muss zugeben, dass ich mir insgeheim einen Bewerber aus einfachen Verhältnissen wünschte.

Ich war damals weder abenteuerlustig noch auf das Geld aus gewesen. Nur fest entschlossen, alle Brücken hinter mir abzubrechen. Ich war in einer Situation, wie sie früher vielleicht Abenteurer und Entdecker erlebt hatten. Ich wollte meine alte Welt hinter mir lassen und etwas Neues erforschen. Ganz egal was und wie es sein würde, Hauptsache, anders als mein altes Leben.

Natürlich musste mein Nachfolger motiviert bis in die Haarspitzen und vertrauenswürdig sein. Das war das Wichtigste. Ich musste ihm vertrauen, und er musste uns dasselbe Vertrauen entgegenbringen. Sollte er nach den ersten Wortwechseln einen guten Eindruck machen, dann würde ich ihm Bedingungen aufzählen. Sollte er diese Bedingungen als lächerlich oder extravagant empfinden, würde ich ihm lächelnd zustimmen und die ganze Veranstaltung umgehend beenden.

Als Pranath das Café betrat, erkannte ich sofort, dass er unser Kandidat war, da brauchte mir der Sicherheitsmann am Eingang gar nicht dezent zuzunicken. Der junge Mann erinnerte mich frappierend an mich selbst in meiner Jugendzeit.

Wir begrüßten uns, ich bestellte Tee für zwei und kam dann ohne Umschweife zur Sache.

»Vielleicht wundern Sie sich«, begann ich, »dass wir auf Sie zugekommen sind, aber das ist in unserem Unternehmen so üblich. Wir schreiben keine Stellen aus. Wenn uns Leute auffallen, von denen wir glauben, dass sie bei uns eine Zukunft haben könnten, treten wir an sie heran. Wenn nicht, beenden wir den Kontakt wieder, und unser aller Leben geht so weiter wie bisher.«

Hatte ich das gerade gesagt? Ich erschrak ein wenig vor mir selbst, aber die Art und Weise, wie ich mit Pranath redete, verdeutlichte mir, wie ernst ich die ganze Sache nahm. Meine Sätze trafen auf einen offenen Blick. Er nickte und hörte mir aufmerksam zu.

»Wenn Sie mit uns zusammenarbeiten, dann gibt es kein Zurück mehr. Sie brauchen sich keine Sorgen zu machen. Wir sind keine Sekte und auch sonst keine dubiose Vereinigung, es liegt einfach in der Natur Ihrer Tätigkeit. Wenn Sie einmal zum Priester geweiht werden, dürfen Sie auch keine Beichtgeheimnisse ausplaudern, selbst wenn Sie Ihrem Gelübde entsagen. Als Arzt sind Sie an Ihr Berufsgeheimnis gebunden, auch lange nachdem Sie nicht mehr praktizieren.«

Pranath nickte wieder freundlich.

»Nun ist unsere Tätigkeit nur bedingt mit der von Ärzten oder Priestern zu vergleichen«, fuhr ich fort. »Aber wie bei den eben genannten Berufsgruppen gibt es auch bei uns einen, nennen wir es mal Eignungstest.« Ich war zwar der Chef für die anderen Angestellten, hatte aber bisher noch nie ein Vorstellungsgespräch geführt. Vielleicht kennen Sie diese Momente. Während man spricht, hat man auf einmal das Gefühl, man steht mit verschränkten Armen direkt neben sich und hört sich selber zu. War ich vielleicht ein wenig zu hart, oder nahm mein Gegenüber mir die ganze Sache hier nicht ab und musste sich ein Lachen verkneifen?

Doch Pranath sah mich weiter ruhig aus seinen offenen Augen an und fragte nur: »Wann soll ich anfangen?«

Ich legte nach. »Sie dürfen ab sofort keinerlei Kontakt mit Ihrer Familie haben.«

»Das dürfte kein Problem sein.«

»Werden Sie Ihre Familie nicht vermissen?«

»Machen Sie sich darüber keine Sorgen«, sagte er. »Ich musste früh lernen, auf mich selbst aufzupassen.«

»Ich muss Sie darauf aufmerksam machen, dass einige der Prüfungsaufgaben auch nicht ungefährlich sind.«

Aber er sagte wieder nur mit einer stoischen Ruhe: »Das habe ich verstanden. Wann soll ich anfangen?«

Die Ruhe und Gelassenheit des Bewerbers wurden mir fast unheimlich. Einerseits imponierte mir diese Selbstsicherheit, aber andererseits musste ich ausschließen, dass wir keinen Psychopathen anheuerten. Er sah mir zwar nicht danach aus, doch selbst jemand mit meiner Menschenkenntnis kann sich täuschen.

»Darf ich fragen, was Sie so sicher macht?«

Pranath zuckte mit den Schultern. »Ich vertraue Ihnen.«

»Und weshalb?«, fragte ich.

Er lächelte wieder. »Ich habe Sie von draußen beobachtet. Sie wirken wie ein Mensch, dem man vertrauen kann. Und ich will nicht arrogant klingen, aber meine Menschenkenntnis hat mich noch nie im Stich gelassen. Und – auch das in aller Bescheidenheit – ich habe schon einige brenzlige Situationen hinter mir.«

»Sie hegen also keinerlei Misstrauen?«

Diesmal lächelte er nicht. Er beugte sich vor, als ob er mir etwas zuflüstern wollte.

»Misstrauen ist ein Zeichen von Schwäche«, sagte Pranath.

Ich hob die Augenbrauen.

»Okay, ist nicht von mir. Aber lieber gut kopiert als schlecht selber gemacht.«

Der Mensch, der ein Gandhi-Zitat bringt, das ich nicht kenne, muss erst noch geboren werden.

»Und was ist nun meine Aufgabe?«, fragte er nach.

Ich räusperte mich. »Sie beginnt in diesem Moment. Und es ist so: Wir müssen ...« Ich gab mir einen Ruck. Misstrauen ist ein Zeichen von Schwäche. »Wir müssen Elvis finden. *Den* Elvis.«

Nun war Pranath zum ersten Mal wirklich überrascht. »Den habe ich hier gleich um die Ecke gesehen mit John F. Kennedy, der hat sich nämlich gerade wieder mit Lee Harvey Oswald vertragen«, witzelte er, lehnte sich zurück und trank einen Schluck. Er sah mich an – vielleicht zehn Sekunden. Nichts passierte. »Der US-Präsident ... 1963 ... Oswald ... verstehen Sie?«

Jetzt wurde Pranath unsicher. Das Grinsen verschwand. »Sie meinen das ernst. Elvis? Elvis wie Elvis Presley?«

»Korrekt. Elvis wie Elvis Aaron Presley. Auch bekannt als King of Rock 'n' Roll.«

Pranath musterte mich eindringlich. Offenbar versuchte er zu ergründen, ob ich ihn nicht doch durch den Kakao ziehen wollte.

»Also gut. Ich tue jetzt einfach mal so, als wenn ich Ihnen glaube. Ich darf also davon ausgehen, dass alle Welt irrt, wenn sie annimmt, Elvis sei tot, richtig?«

»Korrekt.«

»Okay, Elvis lebt also, und wir müssen ihn jetzt suchen«, sagte Pranath.

Ich dachte, jetzt würde er aufstehen und gehen. Aber ich hatte mich getäuscht.

»Wann fangen wir an?«

»Sofort. Sie sind also dabei?«

»Elvis sucht man nur einmal im Leben, und wenn wir Erfolg haben, finden wir vielleicht auch noch die Monroe …« Er stand auf, grinste wieder und blickte mich an.

Ich erwiderte den Blick, aber nicht das Grinsen.

»Ne, oder? Das kann nicht sein … Sie wollen doch wohl nicht behaupten, dass auch …«, stammelte Pranath.

Ich unterbrach ihn. »Wir machen uns jetzt erst mal auf die Suche nach Elvis, die Zeit läuft gegen uns.«

Pranath nickte.

Ich merkte, wie mir eine tonnenschwere Last von den Schultern fiel. Das fing nicht schlecht an. Da mein potenzieller Nachfolger ab sofort Teil unseres Teams war, durfte er keinen Kontakt mehr mit der Außenwelt unterhalten.

»Wenn ich um Ihr Telefon bitten dürfte.«

Pranath gab es mir bereitwillig. Ich hielt es erst für einen Taschenrechner. Ganz dünn und leicht.

»Ich bin übrigens Adschei.« Ich streckte ihm meine Hand entgegen. Er schüttelte sie.

»Pranath.«

»Ich weiß.«

»Woher wissen Sie …?«

»Das und alles weitere erkläre ich Ihnen unterwegs. Wir dürfen keine Zeit mehr verlieren.«

16

Endlich konnte die Suche nach Elvis beginnen. Wir gingen zügig von dem Café in Richtung Marktplatz, vorbei an den Ständen etlicher Händler.

Pranath preschte vor. »Also, wir können hier ja schlecht rumlaufen und die Leute fragen, ob sie in den letzten vierundzwanzig Stunden zufällig dem alten Elvis Presley über den Weg gelaufen sind …«

»Sie sagen es. Ich bin mir jedoch ziemlich sicher«, sagte ich, »dass Elvis sich in der Stadt aufhält. Aber da kommen wir schon an meine Grenzen. Ich bin seit Ewigkeiten nicht mehr hier gewesen. Und es hat sich doch einiges verändert.«

Pranath machte eine beruhigende Geste. »Ich kenne die Insel wie meine Westentasche – wenn ich Westen tragen würde. Wo, denken Sie, sollen wir beginnen? Gibt es irgendwelche Anhaltspunkte?«

»Gute Frage. Ich denke, Elvis ist hierhergekommen, um sich ein Publikum zu suchen.«

»Hat er denn irgendwelche Spuren hinterlassen? Oder etwas mitgenommen? Was hat er angehabt?«

Alle Achtung, so abgeklärt war ich in seinem Alter nicht gewesen.

»Ganz ehrlich: Er hat nichts mitgenommen außer seiner Pomade.«

Pranath grinste. »Damit kommt er nicht weit.«

»Ganz bestimmt nicht. Wenn ich versuche, mich in ihn hineinzuversetzen, dann glaube ich, dass ihm zwei Dinge am wichtigsten sind.«

»Und zwar?«

»Eine Bühne und das passende Outfit!«

»Das ist doch schon mal was.«

»Kennen Sie ein Geschäft, in dem es standesgemäße Arbeitskleidung für den King of Rock 'n' Roll geben könnte?«

»Da kommen zwei infrage. Wenn Sie mir meinen ›Taschenrechner‹ geben könnten?«

Ich verstand nicht, erinnerte ihn daran, dass er keinen Kontakt haben durfte, aber darum ging es ihm anscheinend gar nicht. Er wischte mit seinem Finger über das Telefon und hielt es mir vor die Nase.

»Wir sind hier, und wenn wir diese Straße bis zum Ende gehen, sind wir schon fast da.«

Ich erblickte eine Karte auf dem Gerät, die Pranath nach Belieben kleiner und größer machen konnte. Ich hatte es doch gewusst, das Ding war kein Telefon.

»Los, folgen Sie mir!«

Pranath gefiel mir immer besser. Er erklärte mir im Schnellverfahren, was sein Telefon alles konnte, und gab es mir dann sofort wieder zurück.

Er ging forschen Schritts voran, durch ein Gewirr von kleinen Gassen. Ich konnte mir nicht merken, wann und wie oft wir in welche Richtung abbogen – jedenfalls standen wir nach wenigen Minuten vor einem Kostümverleih. Durchaus plausibel!

Pranath war schon die drei Stufen zu dem Geschäft nach oben gesprungen. Ich war ganz schön außer Puste und folgte ihm etwas langsamer.

»Guten Tag, was kann ich für Sie tun?« Hinter der Ladentheke stand eine etwa vierzigjährige Verkäuferin in einem dunkelroten Sari.

Ich ließ Pranath den Vortritt – eine gute Gelegenheit, zu beobachten, wie er sich anstellte.

»Guten Tag, wir möchten uns ein bisschen umschauen.«

»Nur zu. Wenn Sie Fragen haben, jederzeit gerne.«

Pranath schlenderte vor den Kleiderständern auf und ab, nahm hier und da ein Kostüm prüfend in die Hand. Schließlich ging er wieder zu der Verkäuferin.

»Da ist nicht ganz das Richtige dabei. Führen Sie auch Rockstar-Kostüme?«, fragte Pranath möglichst beiläufig.

»Was genau stellen Sie sich denn vor?«

»So was in Richtung Elvis, vielleicht ein Einteiler?«

»Da ist leider nichts mehr da. Wir haben nur Einzelstücke, unser Schönstes ist ein weißer Einteiler mit Pailletten. Aber den hat heute Morgen ein Kunde ausgeliehen.«

»Das ist aber schade«, sagte Pranath. »Wann könnte ich ihn denn anprobieren? Bis wann hat Ihr Kunde ihn denn ausgeliehen?«

»Nur bis morgen«, antwortete sie. »Morgen wollte es der Herr wieder abgeben.«

»Zu welcher Uhrzeit denn? Ich habe morgen leider nicht so viel Zeit.«

»Vor elf Uhr, hat er gesagt. Und er wirkte recht zuverlässig.«

Nun hatten wir also schon eine ganz heiße Spur.

»Und glauben Sie, ich könnte das Kostüm tragen? Würde es mir stehen? Ich will nämlich einen glänzenden Eindruck hinterlassen.«

»Keine Sorge«, lachte die Verkäuferin. »Der Herr von heute Morgen hatte die siebzig schon etwas länger überschritten, und er sah darin trotzdem aus wie ein junger König!«

Was hatte Pranath mit seinem Charme nicht alles rausbekommen! Das ging ja viel leichter als gedacht. Ich war beeindruckt. Wir bedankten uns, und Pranath sagte, wir würden am nächsten Tag ganz sicher wiederkommen. Als wir die Stufen zur Straße hinunterstiegen, klopfte ich ihm anerkennend auf die Schulter.

»Nicht schlecht, Herr Kollege.«

»Wer sagt's denn!« Er war Feuer und Flamme. »Wenn wir ihn bis morgen früh nicht gefunden haben, postieren wir uns einfach hier und warten, bis er aufkreuzt. Meinen Sie denn, Elvis hält Wort?«

»Ehrensache, er ist der King«, sagte ich.

Wir gingen zurück zum Marktplatz und überlegten, wo er wohl nach einer Bühne suchen würde. Pranath schlug vor, zunächst die Programme der Clubs und Musikkneipen zu überprüfen. Und hier wurden wir, wie es der Zufall wollte, sehr schnell fündig.

Vor dem zweitgrößten Musikclub der Stadt, dem »Milli

& Vanilli«, hing ein Plakat, das uns jubeln ließ. Ein Karaoke-Wettbewerb, heute Abend! Und auf dem Plakat: Elvis in einem weißen Anzug der späten Las-Vegas-Phase. Die Pose war gut getroffen. Elvis hätte es vermutlich besser gefunden, wenn sie ein Foto von seinem Hawaii-Comeback gewählt hätten. Neben dem großen Elvis waren ein paar kleinere Bilder von Leuten zu sehen, die sich offenbar für Elvis hielten. Sie trugen ebenfalls weiße Anzüge, hatten ihr Haar schwarz gefärbt und eine Locke in die Stirn gelegt.

Ob Elvis sich auf Karaoke einlassen würde? Ich war mir unsicher, ob er überhaupt wusste, was das war. Dem Gewinner wurden ein Gutschein und ein Auftritt bei einem lokalen Fernsehsender in Aussicht gestellt. Das war zwar nicht gerade Graceland oder die Ed-Sullivan-Show, andererseits war Elvis lange genug im Showbusiness gewesen, um sich keine Illusionen zu machen. Zumindest waren zwei Dinge, die er brauchte, ganz bestimmt vorhanden: eine Bühne und ein Publikum. Keine Frage, wir mussten dorthin.

Die Hauptinsel hat um die zwanzigtausend Einwohner, hinzu kommen etwa noch mal so viele Touristen. An diesem Abend im Milli & Vanilli hatte ich das Gefühl, dass jeder Zweite von ihnen in dieser Bar war. Ein solches Gedrängel inmitten so vieler Menschen hatte ich seit Ewigkeiten nicht mehr erlebt. Wir hatten nur mit Mühe zwei Eintrittskarten ergattern können – Pranath hatte dem Türsteher erfolgreich vorgegaukelt, der Chef hätte nur vergessen, uns auf die Gästeliste zu setzen – und fanden uns nun eingequetscht zwischen aufgeregt schnatternden Zuschauern in der letzten Reihe wieder. Die Sicherheitsleute hatten sich auf meinen Befehl an den Eingängen postiert.

Für die Insel war der Wettbewerb offenbar ein ganz großer Abend. Als im Saal das Licht gedimmt und die Eröffnungsmusik gespielt wurde, rasteten die Leute geradezu aus. Der Laden, die Stadt, die Stimmung – alles war am Limit.

Dann betrat der Moderator die Bühne und wurde mit frenetischem Jubel begrüßt. Dabei sah er gar nicht wie der typische Inselbewohner aus. Er war etwa jünger als ich – so um die sechzig, würde ich schätzen –, ziemlich groß und hatte lange blonde Locken, mit denen er mich ein wenig an unsere Fitnesstrainerin Lulu erinnerte. Er nahm den Jubel der Massen mit einem huldvollen Grinsen zur Kenntnis, das so breit und glänzend war wie der Kühlergrill eines amerikanischen Straßenkreuzers. Seine Garderobe war ziemlich ausgefallen. Noch blonder als er war seine langbeinige Assistentin, und wenn er nicht wusste, wohin mit seinen Händen, dann konnte man darauf wetten, dass sie irgendwo in der Nähe seiner Assistentin gelandet waren.

»Meine Damen und Herren, Freunde der Musik, Fans des Rock 'n' Roll – hallo, Leute!«, begrüßte er die Massen. Obwohl ich es nicht für möglich gehalten hatte, heizte sich die Stimmung noch weiter auf.

Der Moderator machte ein paar Witze und erklärte dann die Regeln des Abends. Das Publikum sollte alle Interpreten unterstützen und feiern. Aber dann, wenn das Programm vorbei war, würde mit Hilfe eines Schallmessgeräts der Pegel bestimmt werden. So weit, so einfach: Die Leute mussten dann einfach am lautesten und längsten bei dem Interpreten klatschen, der ihnen am besten gefallen hatte.

Der Moderator machte seinen Job wirklich gut. Das Publikum geriet immer mehr in Fahrt.

»Und jetzt kommt eine Frau, auf die ich mich ganz besonders gefreut habe«, sagte der Moderator und warf dabei seiner Assistentin einen entschuldigenden Blick zu. »Ihr Vorbild ist leider vor ein paar Jahren in den Ruhestand gegangen, aber ich bin sicher, sie wird heute Abend zumindest in unserem Herzen wiederauferstehen.«

Der Moderator griff nach seiner Karte und las einen Namen ab: »Tina Turner!«

Mir blieb vor Schreck fast das Herz stehen. Nicht weil ich Fan von Tina Turner bin, sondern weil ich rechts neben der Bühne plötzlich eine Frau sah, die mich frappierend an Leela erinnerte. Unglaublich anmutig stand die junge Frau da. Ich ermahnte mich zur Konzentration. Ich deutete es als ein Zeichen dafür, wie schlecht es um mein Nervenkostüm bestellt war, wenn ich in dieser Lage, wo doch alle meine Gedanken bei Elvis sein sollten, plötzlich glaubte, Gespenster aus meiner Vergangenheit zu sehen.

Ich richtete meine Aufmerksamkeit auf die Bühne. Bei Tina Turner zeigte sich schon nach den ersten Takten, dass es sich um eine Kopie handelte. Keine billige Kopie, das würde ich niemals behaupten. Vermutlich verehrte diese Frau Tina sehr, doch am Ende des Tages kommt Kunst eben von Können, und davon war hier nicht allzu viel zu hören. Ich war erleichtert, als der Song endlich vorbei war. Auch der Applaus des Publikums war allerhöchstens als höflich einzustufen. Die Sängerin wirkte etwas geknickt, wurde aber vom Moderator mit freundlichen Worten wiederaufgebaut.

Ganz ehrlich, wer der zweite Interpret war, habe ich vergessen. Zumindest keiner, dessen Original bei uns auf der

Insel lebt, und ich war froh, ein wenig abschalten zu können. Ich befand mich schließlich schon seit Stunden auf den Beinen und merkte, wie angespannt ich war.

Als Nächstes trat ein Elton John auf, der sich so ausstaffiert hatte wie Elton selbst, als er noch wie ein junger Paradiesvogel aussah. Er trug eine Federboa und eine riesige Brille. Dazu sang er zwei Nummern. *Crocodile Rock* und *Candle in the Wind*. Dabei musste ich, ob ich es wollte oder nicht, an Marilyn denken. Das war ein Zeichen dafür, dass der Sänger recht dicht ans Original herankam.

Dann gab es eine Pause, und der Ansager machte noch einmal Stimmung für den zweiten Teil. Dann würden drei Sänger auf die Bühne kommen und alle denselben Star imitieren. Das würde es dem Publikum erleichtern, die Leistungen miteinander zu vergleichen. Weil der Moderator es aber routiniert spannend machte, verheimlichte er einstweilen, um welchen Sänger es sich handelte.

Doch bei den Plakaten … Wer außer Elvis kam denn da infrage? Nach der Pause kam der Moderator zurück auf die Bühne. Vom Band ertönte ein Trommelwirbel, tosender Applaus.

»Wir haben den zweiten Teil des Abends einem Mann gewidmet, ohne den kein einziger Rockmusiker je den Weg zur Bühne gefunden hätte.«

Der Trommelwirbel wurde lauter, die Spannung stieg, und der Moderator zog seine Worte effektvoll in die Länge.

»Begrüßen Sie mit mir …«

Trommeltrommeltrommeltrommeltrommel.

Wirbelwirbelwirbelwirbelwirbel.

»Mister …«

Tusch!

»Elvis Presley!«

Jubel, orgiastisches Kreischen, Stampfen, Klatschen!

Die Bühne wurde dunkel. Ein Lichtkegel zeichnete sich auf den Bühnenbrettern ab, und dann trat – eine perfekte Elvis-Kopie ins Scheinwerferlicht.

Er sah aus wie der junge Elvis. Der Elvis aus den fünfziger Jahren, bevor er nach Good old Germany zur Army musste. Schuhe mit Kreppsohlen, Jackett und sehr, sehr bewegliche Hüften. Der junge Elvis hatte sein Haar sorgfältig gegelt und sich eine Locke in die Stirn gestriegelt, bei der Bill Haley vor Neid erblasst wäre.

Er sang *Hound Dog*.

Der Saal tobte.

Wir verstanden nicht ganz, warum. Okay, wir waren natürlich enttäuscht, dass es sich bei dem Imitat nicht um unser Original handelte, aber das Hauptproblem von Elvis Nummer eins war, dass er nicht richtig singen konnte. Ein nicht zu vernachlässigendes Problem. Die Bewegungen – die Moves, wie Pranath sagte – waren alle vollkommen in Ordnung, aber die Stimme … gruselig. Vom unvergleichlichen Schmelz des echten Elvis war nichts zu spüren.

Dann betrat Elvis Nummer zwei die Bühne. Der Auftritt wurde ähnlich dramatisch inszeniert, und Pranath und ich hielten die Spannung kaum noch aus. Doch auch dieser Elvis hatte mit dem Original nicht viel zu tun. Nummer zwei hatte sich offenbar den Elvis aus seiner Comeback-Show »Aloha from Hawaii« zum Vorbild genommen. Scharfe, schwarze Lederklamotten und ein verächtliches, ziemlich selbstsicheres Grinsen, aber es haute nicht so richtig hin. Dafür konnte Nummer zwei immerhin ein bisschen besser singen.

Er wurde vom Moderator freundlich und etwas beiläufig interviewt und dann in die Kulissen verabschiedet.

Ich wusste, dass Pranath in diesem Moment dasselbe dachte wie ich: Jetzt kommt Nummer drei. Jetzt ist es so weit.

War es aber nicht. Der Moderator, der Vollprofi, begrüßte den Bürgermeister in der ersten Reihe und riss ein paar Witze, die sich wohl auf tagespolitische Ereignisse auf der Hauptinsel bezogen. Pranath lachte an einigen Stellen, aber ich – der mit Politik, ehrlich gesagt, herzlich wenig am Hut hat – verstand kaum, worum es ging. Und was ich verstand, fand ich nicht besonders komisch.

Während der Moderator seine Possen riss, schlurfte von der Seite ein Mann auf die Bühne, der einen weißen strassbesetzten Anzug anhatte, aber die berühmte Tolle eben nicht so pechschwarz wie die anderen Bewerber, sondern selbstbewusst graumeliert trug.

Die Zuschauer brauchten eine Weile, um zu erkennen, dass es sich hier um den dritten Elvis-Imitator handelte. Und als sie es begriffen, fingen einige von ihnen an zu lachen.

Ich lachte nicht, denn ich verstand sofort, dass Nummer drei unser Elvis war.

»Ist das unser Mann?«, fragte mich Pranath leise. »Ich meine, der richtige Elvis?«

Ich nickte kaum merklich.

Die zwei Sicherheitskollegen vom Eingang drängten nach

vorn. Sie wollten zugreifen. Doch das durfte nicht geschehen, nicht in diesem Moment. Mit einer entschiedenen Geste gebot ich ihnen Einhalt. Elvis sollte seinen Auftritt haben.

Der Moderator brachte die Kicherer zum Schweigen und übergab dann Elvis das Mikrofon.

Die ersten Takte von *Love me Tender* setzten ein. Und das Publikum machte eine Verwandlung durch.

Als Elvis seinen ersten Ton sang, merkten die Leute, dass sie hier etwas Echtes zu hören bekamen, was die anderen beiden nicht zu bieten gehabt hatten. Die Stimme war unverwechselbar Elvis. Auch die Gesten und kleinen Manierismen, sie waren nicht übertrieben oder exaltiert. Er sang mit einem unvergleichlichen Feeling, so als würde jede Note direkt aus seinem Herzen nach oben kommen. Und wie der Applaus am Ende zeigte, hatten die Menschen erkannt, dass ihnen hier etwas Besonderes geboten worden war.

Ich lieh mir von einem Zuschauer ein Opernglas, und so konnte ich erkennen, dass auch Elvis am Ende seiner Nummer Tränen der Rührung in den Augen hatte. Und obwohl er mich mit seiner Aktion – ganz offen gestanden – an den Rand des Wahnsinns getrieben hatte, gönnte ich ihm diesen Moment im Licht, weil ich jetzt besser verstand, wie wichtig er für ihn gewesen war.

Pranath war nach der Nummer klar, dass Elvis die Chose gewinnen würde. Ich war nicht ganz so sicher, aber immerhin verhalten optimistisch. Außerdem dachte ich schon über den Rückweg mit Elvis zur Insel nach.

Vor der Siegerehrung holte der Moderator Elvis noch einmal auf die Bühne.

»Mein Lieber«, sagte er immer wieder und klopfte dabei Elvis auf die Schulter. »Mein Lieber, das war ganz großes Kino, weißt du das?«

Elvis fuhr sich durchs Haar und nahm das Lob mit gespielter Bescheidenheit zur Kenntnis.

»Ich meine«, sagte der Moderator. »Rein äußerlich gibt es ja schon Unterschiede, außerdem bist du nun mal nicht mehr der Jüngste – aber das erinnerte schon an Elvis …«

»Tatsächlich«, entgegnete Elvis mit einer Spur Sarkasmus in der Stimme. »Habe ich *ein wenig* an den echten Elvis erinnert?«

Der Moderator lenkte munter ein: »Vielleicht sogar mehr als nur ein wenig.« Er schaltete sein Scheinwerfergrinsen ein. »Weißt du, eigentlich ist das nicht ganz meine Musik. Ich bin mehr in den Siebzigern zu Hause. Hardrock und so.«

Elvis blickte verständnislos. »Nein«, sagte er.

Doch der Moderator schwelgte jetzt hemmungslos in seinen eigenen Erinnerungen. »Deep Purple, die habe ich damals öfter live gesehen. Kennst du das? *Smoke on the Water*? Da-da-daa, da-da-dadaa …«

Der Moderator wandte sich an das Publikum und schwang die Arme wie ein Dirigent. Die Leute grölten mit: »Da-da-daa. Da-da-dadaaa.«

»Nie gehört«, bemerkte Elvis schmallippig.

»Schade eigentlich«, sagte der Moderator unbeeindruckt. »Von dem Song gibt's auch andere Versionen. Eine hat sogar Pat Boone aufgenommen.«

Elvis wandte sich kurz zur Seite und sagte leise: »War ja klar.« Den konnte er halt einfach nicht leiden.

»Was, mein Lieber?«, fragte der Moderator.

»Nichts, nichts«, antwortete Elvis schnell.

Der Moderator sah auf seine Kärtchen und blickte fragend zu seiner Assistentin. Deren wirklich wunderschöne Lippen formten tonlos: Siegerehrung.

»Kommen wir nun zur Siegerehrung«, sagte der Moderator. »Wer wird der Elvis der Elvisse? Die Mutter aller Elvisse? Der beste Elvis aller Zeiten?« Tina und Elton waren anscheinend außer Konkurrenz angetreten.

Die anderen Elvisse – Nummer eins und Nummer zwei – kamen nun auch auf die Bühne. Sie stolzierten siegessicher daher, deuteten Tanzschritte an und schwangen die Hüften. Die Leute tobten. Der wahre Elvis zog nur kurz verächtlich die Unterlippe nach oben, als wollte er sagen: Und damit wollt ihr mich, das Original, beeindrucken?

Der Moderator wandte sich an das Publikum. »Wer Elvis Nummer eins für den besten hielt, der mache jetzt so viel Krach wie möglich!«

Die Leute jubelten und johlten. Im Bühnenhintergrund, vor dem Vorhang, war ein riesiges Schallmessgerät aufgebaut. Es sah wie eine dieser Haut-den-Lukas-Maschinen aus, die man von Jahrmärkten kennt.

Während die Leute ihrem Herzen Luft machten, schoss der Pegel nach oben, bis er eine kurze Weile zwischen der 60er- und 70er-Marke auf und ab tanzte und schließlich bei 62 stehen lieb.

»Zweiundsechzig!«, rief der Moderator, während die Assistentin knickste und mit den Armen abwechselnd auf den Lärmmesser und Elvis Nummer eins verwies.

»Nicht schlecht, mein Bester«, sagte der Moderator.

»Aber da wäre noch Luft nach oben gewesen. Schauen wir, was deine Konkurrenten hinlegen!«

Ich konnte mir denken, was unserem Elvis in diesem Moment durch den Kopf ging. Irgendwas in der Richtung von: Viel Luft, das kannst du aber laut sagen.

Bei Elvis Nummer zwei pegelte sich die Nadel bei 69 ein. Der Moderator vermied zum Glück ein Wortspiel mit der Zahl 69 und forderte nun das Publikum auf, für Elvis Nummer drei noch einmal alles zu geben.

Elvis musterte das Publikum mit einer gewissen Distanz, aber mir war klar, was für ein Gefühlsorkan in seinem Innern brodelte. Er hatte alles für diesen Moment riskiert. Gefahr für Leib und Leben auf sich genommen, um den Leuten noch einmal einen Eindruck des wahren, echten unverwechselbaren Elvis zu vermitteln. Aber: Wussten sie es zu schätzen? War ihnen bewusst, dass sie hier Zeugen eines einzigartigen Ereignisses wurden?

Der Jubel begann vielversprechend. Einzelne spitze Schreie von Frauen – auch von jungen Frauen – sorgten dafür, dass die Nadel bis zur 75 hochschoss. Aber dort konnte sie sich nicht halten. Als sie endlich zitternd zum Stehen kam, stand sie bei 59. Neunundfünfzig wie das Jahr 1959, als Elvis nach Deutschland zur Army kam und dabei als Rock-'n'-Roll-Star ausgelöscht wurde.

Der Elvis, der aus Heidelberg heimkehrte, sang vielleicht noch amerikanische Versionen von *Muss i denn zum Städtele hinaus*, aber keine Hits mehr wie *Heartbreak Hotel* oder *Jailhouse Rock*. Es kamen Balladen und Filme, an die sich niemand mehr erinnern würde, hätte Elvis nicht darin mitgespielt. Damals hatte sein langsamer Abstieg begonnen, der ihn – in vielen Stufen und Phasen – auf unsere Insel führte. Vermutlich hatte ihm wirklich nur das Publikum gefehlt. Man kennt ja die alten Sprüche. Applaus, das Brot des Künstlers …

Ich ahnte, was in diesem Moment in ihm vorging. Und dass die beiden andern Gewinner ihn großzügig trösteten – »Für dein Alter gar nicht so schlecht« –, musste ihm richtig wehgetan haben.

»Dritter Platz, auch nicht schlecht, mein Lieber«, sagte der Moderator. »Vor allem in deinem Alter. Wer weiß, ob du noch einmal so einen Erfolg erleben wirst.«

Eines jedoch musste man Elvis lassen. Er bewies auch in diesem Moment Haltung und Stil. Er riss sich zusammen und gratulierte dem Erst- und dem Zweitplatzierten zu ihren Erfolgen. Elvis schüttelte ihre Hände. Sie strahlten.

»Vielleicht werden wir jetzt so groß wie der wahre Elvis«, jubelte der Silbermedaillengewinner.

»Weißt du, was mich am traurigsten macht«, sagte der Erstplatzierte, obwohl er alles andere als traurig wirkte. »Dass der echte Elvis diesen Moment nicht mehr erleben kann.«

Der wahre Elvis schaffte es auch in diesem Moment, nicht aus der Rolle zu fallen.

»Tja, man kann nicht alles haben«, sagte er und winkte noch einmal in die Runde. »Euch allen: Good Rocking Tonight.« Und verließ die Bühne.

Pranath und ich hatten uns nach vorne gedrängelt und dabei Elvis keine Sekunde aus den Augen gelassen. Pranath trat von links an ihn heran.

»Mr. Presley, nehme ich an?«

Elvis blickte zu ihm rüber.

»Hi, Elvis«, sagte ich.

»Adschei«, antwortete Elvis, ehrlich überrascht.

Dann schwieg er. Wir sahen uns an.

»Wir sollten nun gehen«, sagte ich leise.

Elvis nickte.

»Eine Sache noch, Adschei. Du zitierst doch immer diese Sprüche.«

»Sprüche?«

»Moment.« Elvis versuchte sich zu erinnern. Dann fiel es ihm ein. »Zuerst ignorieren sie dich, dann lachen sie über dich, dann bekämpfen sie dich – und dann gewinnst du.«

Gandhi, natürlich.

»Heute haben sie über mich gelacht. Ich muss also noch eine Weile kämpfen, wie es scheint.«

»Niemand hat über dich gelacht. Und es wird auch niemals jemand über dich lachen«, sagte ich.

»Und außerdem haben Sie doch schon längst alles gewonnen«, fügte Pranath hinzu.

Wir verließen den Club, die Stadt, die Insel.

Als das Wasserflugzeug abhob, versank auch Elvis in einen kurzen Schlummer. Sein Gesicht sah auf einmal so entspannt und gelassen aus wie bei einem kleinen Kind. Er musste begriffen haben, dass die Insel der einzige Platz war, an dem er auf dieser Welt glücklich werden konnte. Er war dort zu Hause. Für Pranath würde es sein neues Zuhause werden. Und für mich war es bald endgültig an der Zeit, die Insel zu verlassen und ein neues Leben zu beginnen.

Allerdings wusste ich noch nicht, wie ich das den Inselgästen am besten beibringen sollte.

17

Wir waren erst spät in der Nacht auf unserer Insel gelandet. Trotzdem wachte ich auch am nächsten Morgen von selbst auf, kurz bevor der Wecker geklingelt hätte. Ich rasierte mich und absolvierte meine Yoga-Übungen. Nachdem ich mich angekleidet hatte und vor meinen Bungalow trat, sah ich zu meiner Überraschung, dass auch Pranath schon auf den Beinen war. Ich begrüßte ihn leise und bat ihn, mir unauffällig zu folgen. Heute würde alles verkündet werden, und ich war mehr als gespannt auf seine offizielle Vorstellung. Er folgte mir durch unser *Staff Village*.

»Das zeige ich dir später noch alles genau. Schauen wir doch erst mal nach, was die Kollegen machen.«

Die Tür zum Gemeinschaftsraum stand halb offen, und ich sah durch den Spalt, dass Sudesh einige Mitarbeiter um sich versammelt hatte. Ich hätte lieber gesehen, dass sie sich um das Frühstück und die Tagespläne kümmerten, aber ich hielt mich zurück und lauschte, was Sudesh seiner geneigten Zuhörerschaft zu erzählen hatte. Ich gab Pranath ein Zeichen, leise zu sein.

»Also, Leute«, sagte Sudesh, »ihr braucht euch keine Sorgen zu machen, was passiert, wenn Adschei uns verlässt. Allerdings wird wohl ein etwas anderer Wind wehen.«

Was war denn hier los? Ich war verblüfft. Obwohl offiziell noch nichts über meinen Abschied verlautbart worden war, wussten die Kollegen offenbar schon Bescheid. In diesem Punkt unterscheidet sich unsere Insel nicht von jedem anderen Arbeitsplatz. Der Flur- und Buschfunk ist, was seine Schnelligkeit angeht, einfach unschlagbar.

Einer der Mitarbeiter meldete sich. »Hast du denn den Neuen schon gesehen?«, fragte er.

Sudesh verneinte. »Ich habe nur gehört, dass sie gestern Nacht angekommen sind. Aber er soll ein richtig harter Hund sein.«

Die anderen sahen Sudesh besorgt an. Zum Glück hatten sie mich immer noch nicht bemerkt.

Sudesh fuhr fort: »Der Neue soll nur deshalb Butler geworden sein, weil er durch den Fitnesstest für die Sicherheit gefallen ist. Nun will er uns richtig hart rannehmen und zeigen, dass er doch zu Höherem berufen ist.«

Ich lächelte in mich hinein und schüttelte den Kopf. Woher kommen bloß immer diese Gerüchte? Noch weitere zwölf Stunden und Pranath hätte eine Karriere beim FBI und beim KGB im Lebenslauf.

Ich winkte Pranath heran und bedeutete ihm, sich neben mich zu stellen und leise zu bleiben. Sudesh war gerade dabei, den Mitarbeitern zu erklären, dass es unter meinem Nachfolger keine Geburtstagsfeiern mehr für das Personal geben würde. Als er gerade ausführte: »… und zum zehnjährigen Dienstjubiläum kriegt dann jeder nur noch eine Kokosnuss, aber auch nur, wenn er sich bis dahin rein gar nichts zuschulden kommen lässt«, räusperte ich mich hörbar und drückte die Tür auf.

Sofort unterbrach Sudesh seine Ansprache, und alle Augen richteten sich auf Pranath und mich.

Verlegen murmelte Sudesh: »Morgen, Adschei.«

Ich ahnte, was in seinem Kopf vorging. Er wollte zu gerne wissen, wie lange ich ihm schon zugehört hatte. Für den Augenblick genoss ich es, ihn noch ein wenig im Unklaren zu lassen. Schließlich fragte einer der Mitarbeiter.

»Und wen hast du da mitgebracht, Adschei?«

Ich wies auf Pranath und zwinkerte ihm kurz zu. Und als er um diese frühe Stunde seinen Humor bewies, wusste ich einmal mehr, dass ich eine gute Wahl getroffen hatte.

»Ich bin der Neue«, sagte Pranath mit strengem Gesicht. »Der ganz harte Hund.«

Sudesh und die anderen musterten ihn neugierig von oben bis unten. Dann fragte Sudesh zaghaft: »Stimmt es denn, dass man bei Ihnen nur eine Kokosnuss zum zehnjährigen Dienstjubiläum bekommt?«

Pranath zog in gespieltem Entsetzen die Stirn kraus. »Wo haben Sie denn das gehört? Das ist doch totaler Blödsinn.« Und als alle erleichtert aufatmen wollten, fügte er streng hinzu: »Ich halte überhaupt nichts von Belohnungen. Die Menschen gewöhnen sich so schnell daran und nehmen ihre Arbeit nicht mehr ernst.«

Dann hielt er es nicht länger aus, den strengen Hund zu spielen, und begann zu lachen.

Das Eis hätte nicht schneller brechen können, und alle Gerüchte waren mit einem Schlag aus der Welt. Die anderen stimmten in Pranaths herzliches Gelächter ein.

Als sich alle beruhigt hatten, fragte ich Sudesh: »Wissen denn unsere Gäste auch schon davon?«

Sudesh schüttelte den Kopf. »Soll ich es ihnen sagen?«

»Auf keinen Fall.«

Das wollten wir später gemeinsam tun. Dann nahm ich Sudesh zur Seite. Er brauche sich überhaupt keine Sorgen zu machen. Pranath sei ein feiner Kerl, und auch unter seiner Leitung würde sich für Sudesh nichts ändern. Aber dann bemerkte ich, dass er sich gar nicht so sehr – oder auf jeden Fall nicht nur – darüber Sorgen machte, wie er mit meinem Nachfolger klarkommen würde. Er schien vor allem traurig zu sein, dass meine Tage auf der Insel gezählt waren.

Das rührte mich, und ich war ihm auch dankbar dafür.

Dann nahm ich Pranath mit auf meine übliche morgendliche Runde. Wir passierten Marilyns Hütte, ich drehte beiläufig ihre Sandalen um. Ich musste ihm nicht erklären, warum.

Er machte sich nur eine Notiz und sagte: »In den Details liegt die Perfektion …«

»… und Perfektion ist kein Detail«, vollendete ich seinen Satz. Der Junge musste eine gute Schule durchlaufen haben.

»Ich möchte Sie gerne etwas fragen, Adschei.«

»Jederzeit. Und wenn es dir nichts ausmacht, können wir uns gerne duzen. Schließlich sind wir ein Team, und du hast die Bewährungsprobe mit Elvis bravourös gemeistert.«

Er errötete leicht. »Ich danke Ihn …, ich meine dir.«

»Und was war nun deine Frage, Pranath?«

»Es geht um die Bewohner. Werden sie mich wirklich als Ihren Nachfolger akzeptieren?«

»Das werden wir bald erfahren, aber ich kann dich beruhigen, mein Wort zählt bei ihnen. Und das werde ich ihnen geben«, sagte ich.

Ich machte ihn weiter mit dem Alltag der Bewohner und den Gegebenheiten unserer Insel vertraut, wobei sich auch die Gesichtsbücher wieder einmal als sehr hilfreich erwiesen.

»Also ehrlich gesagt«, Pranath druckste herum. »Wenn ich mir überlege, wer hier alles wohnt, dann hätte ich mir das Ganze etwas anders, vielleicht etwas glamouröser vorgestellt.«

»Dann wäre es doch kein Alltag mehr, und dass das Paradies nicht im Glamour verborgen liegt, das haben sie alle leidvoll erfahren«, entgegnete ich.

Anlässlich von Elvis' Heimkehr hatten sich alle zu einem großen Brunch unter Sonnensegeln auf der Plaza versammelt. Ich blieb ein wenig abseits stehen – neben mir Pranath.

Die anderen Bewohner waren ganz schön ungnädig mit Elvis, aber als er verstand, dass sie sich viel mehr Sorgen um ihn gemacht hatten als darum, entdeckt zu werden, wurde ihm endgültig klar, was für ein Fehler sein Ausflug gewesen war.

»Hey, Mann«, sagte John und sah dabei ehrlich betrübt aus. »Hast du denn ganz vergessen, was ich immer gesagt habe?«

Elvis hatte es natürlich nicht vergessen, aber er wollte es gerne noch einmal hören.

»Vor Elvis war nichts, habe ich gesagt. In so gut wie jeder Talkshow. Und du wolltest tatsächlich riskieren, dass ich am Ende meines Lebens wieder vor einem Nichts stehe?«

»Wir sind doch deine Fans«, pflichtete ihm Bob Marley bei.

»Außerdem«, schaltete sich Michael ein, »dein Plan war doch überhaupt nicht durchdacht. Selbst wenn ein Comeback geklappt hätte, dann hätte doch vermutlich irgendein Typ deine Songs gekauft …«

»Und ich kann mir auch schon denken, wer das gewesen wäre«, schaltete sich John ein, der noch immer nicht ganz verwunden hatte, dass sich Michael Jackson in den achtziger Jahren die Rechte an den Beatles-Songs unter den Nagel gerissen hatte.

Doch Michael fuhr unbeirrt fort: »… dann hättest du keine Note mehr ohne Rücksprache und Diskussionen singen können.«

Marilyn griff nach ihrem Teeglas. »Aber zum Glück hat er ja rechtzeitig erkannt, was er an uns hat.« Dass Pranath und ich bei dieser Erkenntnis ein bisschen nachgeholfen hatten, übersah sie geflissentlich. Sie erhob ihr Glas: »Auf den König unserer Herzen.«

Die anderen stimmten mit ein.

Und Elvis stand auf und sagte: »Keine Comebacks mehr. Versprochen.«

Kurt und Amy hatten mich inzwischen entdeckt und winkten mich heran.

»Guten Morgen, zusammen. Ich will euch gar nicht lange stören«, sagte ich. Und dann, möglichst beiläufig: »Das hier ist unser neuer Mitarbeiter, er heißt Pranath.«

Die Mitteilung wurde freundlich, aber unaufgeregt zur Kenntnis genommen. Nur Wiesenhafen zeigte sich etwas interessierter.

»Und Sie sind sich wirklich sicher, dass Sie nicht auch in einer Band spielen?«

»Ganz sicher«, entgegnete Pranath geduldig.

Aber Wiesenhafen ließ sich nicht so leicht beirren.

»Oder haben Sie vielleicht eine Wissenschaftssendung im Fernsehen?«

Pranath lächelte höflich. »Nicht jeder Inder hat eine Wissenschaftssendung im Fernsehen. – Ich dachte übrigens, Sie hätten hier überhaupt kein Fernsehen?«

Wiesenhafen nickte und ließ den Blick in die Runde schweifen. »Ich wollte einfach vermeiden, dass mir noch einmal solch ein Fauxpas unterläuft wie bei meiner Ankunft, als ich nicht richtig auf die Herren Presley und Jackson eingegangen bin.«

»Eingegangen? Du kanntest einfach keinen von uns, du intellektuelle Nuss«, pflaumte John ihn gut gelaunt an. »Außer Amy.«

»Ist doch okay, Mann«, brummte Bob.

Nun aber wandte sich Kurt an mich. »Adschei, habe ich das richtig verstanden? Pranath ist jetzt so etwas wie dein Assistent, ja?«

Ich trat an den Tisch, nahm mir ein Teeglas und klopfte mit einem Löffelchen vorsichtig dagegen. Meine Hände schwitzten. Das, was jetzt kommen sollte, fiel mir unendlich schwer, und ich hatte einen Kloß im Hals.

»Vielleicht ist jetzt der richtige Augenblick, um euch etwas Wichtiges mitzuteilen«, sagte ich bedächtig.

Alle Augen waren auf mich gerichtet. Ich musste schlucken, atmete noch einmal tief aus und gab mir einen Ruck.

»Um es kurz zu machen: Ich …« Mir versagte die Stimme. Ich schluckte und setzte neu an. »Ich werde euch verlassen.«

Keiner rührte sich.

»Ich habe über ein halbes Jahrhundert auf dieser Insel gelebt. Und so sehr mir hier alles ans Herz gewachsen ist, vor allem ihr, nun ist leider der Zeitpunkt gekommen, meine Arbeit in jüngere Hände zu legen.«

Keiner sagte etwas. Bob war der Erste, der die Fassung wiederfand. »Du machst Witze, oder, Adschei? Das kannst du doch nicht ernst meinen!«

»Ihr wisst selbst am allerbesten, wie es ist, noch einmal neu anzufangen. Zwischen mir und euch besteht jedoch ein gewaltiger Unterschied. Auf mein altes Leben, auf meine Inselzeit werde ich in großer Dankbarkeit zurückblicken. Und ich werde es vermissen. Ich werde euch vermissen.«

Ich merkte, wie mir Tränen in die Augen schossen, ich sah die Inselbewohner jetzt nur noch verschwommen. Marilyn stand auf und umamte mich.

»Macht es ihm und uns doch nicht so schwer.«

Sie erhob ihr Glas und forderte die anderen auf, es ihr gleichzutun.

»Mein lieber Freund, das hier ist noch lange nicht der Schlusspunkt, aber ein allererstes kleines Dankeschön. Auf dich, Adschei!«

Sie tranken schweigend. Ich setzte mich. Eine Zeit lang hörte man nur leise das Besteck auf den Tellern klappern.

Weil das Schweigen gar nicht mehr enden wollte, wurde ich schon langsam unruhig, bis ausgerechnet Elvis das Eis brach.

»Also, alles okay, Adschei«, sagte Elvis.

»Ja, alles wird gut«, bekräftigte Bob.

»Du musst mir nur eins versprechen«, fuhr Elvis fort. »Egal, was du in der Zukunft vorhast, wenn du da drüben auf die Hauptinsel kommst, nimm niemals an einem Karaoke-Wettbewerb teil. Die Dinger sind die absolute Hölle.«

Wir alle lachten und stießen noch einmal an. Dann standen alle auf, und jeder umarmte mich. Amy drückte mich besonders lange, und nach ihrer Umarmung war die linke Schulter meines weißen Leinenhemdes von ihren Tränen Kajalschwarz gefärbt.

Als die Runde fertig war, sagte ich leise: »Ihr fehlt mir schon jetzt. Danke euch.«

Daraufhin schlug Marilyn mit einem Messer gegen ihr Glas und sagte bestimmt: »Einen Moment, mein lieber Adschei. Erstens sind wir es, die zu danken haben. Und zweitens glaubst du doch nicht im Ernst, dass wir dich einfach so gehen lassen. Wir bereiten dir selbstverständlich ein Abschiedsfest, wie es in der Geschichte dieser Insel noch nicht vorgekommen ist. Wenn du die Zeit hier nicht vergessen wirst, dann diese Feier am allerwenigsten, das verspreche ich dir.«

»Na ja«, sagte ich. »Ich will euch aber keine größeren Umstände machen.«

»Keine größeren Umstände?« John tat ungläubig.

»Das wird das beste Fest des Jahrhunderts!«, fügte Elvis hinzu.

»Genau, das beste All-Star-Event aller Zeiten«, ergänzte Michael.

»Und du musst dich um nichts kümmern.« Kurt war zu mir gekommen und hatte mir die Hand auf den Oberarm gelegt.

»Und wer bitte soll dann das Essen und das ganze Drumherum organisieren?«, fragte ich.

»Wenn es Ihnen recht ist, würde ich das gerne übernehmen«, sagte Pranath. »Es wäre mir eine große Ehre.«

»Wenn du mich endlich duzen würdest, habe ich nichts dagegen einzuwenden.«

Weil das Fest so bombastisch werden sollte und sich alle in die Planung einbringen wollten, zogen sich die Vorbereitungen über einige Tage hin.

Bei meinen Rundgängen über die Insel bemerkte ich immer wieder, wie einige der Bewohner verstohlen an irgendetwas arbeiteten. Amy kümmerte sich offenbar um die Dekoration, und Kurt werkelte anscheinend an irgendeinem besonderen Design. Auch Elvis plante etwas. In Sachen Diskretion waren sie bemüht, aber – das erlaube ich mir als Profi zu sagen – reichlich untalentiert. Ich tat allerdings, als bekäme ich nichts davon mit. So viel Aufhebens um meine Person – das war ich nicht gewohnt. Ich war froh darüber, dass wenigstens John und Bob sich auf das Fest genauso vorbereiteten wie auf alles andere. Nämlich gar nicht.

Ich versuchte, mich nicht um die Zeit nach dem Fest zu sorgen. Ein paarmal versuchte ich, mit Sir Richard darüber zu sprechen. Er hatte ja schon mit seinen Andeutungen während unseres Krisengesprächs etliche Fragezeichen in meinem Kopf hinterlassen. Aber er kannte nur eine Antwort: »Gemach, Adschei, gemach. Alles zu seiner Zeit.«

Zu mir selbst sagte ich dann im Stillen: Adschei, Misstrauen ist ein Zeichen von Schwäche. Sei stark.

18

Am Morgen vor dem Fest wachte ich wieder vor dem Weckerklingeln auf, aber diesmal nicht von selbst, sondern weil John und Bob an meine Tür klopften.

»Was macht ihr denn um diese Zeit schon auf den Beinen?«, fragte ich verwundert. »Ihr seid Musiker, ihr habt einen Ruf zu verlieren!«

Die beiden wollten Angeln gehen. Mit mir und Pranath.

»Was für eine tolle Überraschung«, sagte ich, und es gelang mir tatsächlich, ein wenig Begeisterung in meine Stimme zu legen.

»Ehrlich gesagt, geht es uns nicht nur um die Überraschung und den Spaß bei der Sache«, erklärte Bob. »Wir müssen bei deinem Fest doch auch frischen Fisch auf den Grill bekommen.«

»Das ist sehr nett von euch, aber tut mir einen Gefallen. Lasst Pranath noch eine Weile schlafen.«

»Zu spät«, meldete der sich aus dem Hintergrund.

»Mr. Lennon und Mr. Marley haben mich zuerst geweckt. Und ganz ehrlich, ich freue mich, dabei zu sein.«

Wenigstens hatte Bob die beiden Zwillinge schlafen gelassen.

Und so fuhren wir in aller Herrgottsfrühe in einem Katamaran aufs Meer hinaus. Der Katamaran war riesig, er war mit allem ausgestattet, was man sich nur vorstellen kann. Zwei geräumige Kabinen in den Rümpfen, ein großer Aufenthaltsraum mit allem Komfort in der Mitte, und eine Hightech-Brücke inklusive Navigation. Das Schiff war absolut hochseetauglich. Das geräumige Sonnendeck diente vor allem John und Bob als Aufenthaltsort.

Pranath und ich teilten uns auf diesem Törn die Aufgaben des Kapitäns. Ich war kaum noch überrascht, als er mir erzählte, dass er einige Jahre auf einer Jacht als Skipper unterwegs gewesen war. Inzwischen war ich überzeugt, dass ihn sein Karma zu uns auf die Insel geführt hatte und sein gesamtes bisheriges Leben nur eine Art Vorbereitung auf diesen Job gewesen war.

Bob und John saßen Seite an Seite auf einer Bank, tranken Kokostee und ließen ihre Blicke über das Meer schweifen. Wie ich bald erkannte, war ihre Art zu angeln sehr altersgerecht. Beim Schleppangeln werden die Ruten erst wieder in die Hand genommen werden, wenn ein Fisch anbeißt. Ansonsten sind sie am Schiff befestigt, und der Köder schwimmt bei leichter Fahrt durchs Wasser. Keine Hektik, absolute Ruhe, eine leichte Brise, und ansonsten nur der beste Freund, ein paar Fische und das Meer. Die beiden genossen die Zeit und nutzten sie für tiefgründige Gespräche und Blödeleien.

Wie so oft versuchte John seinen jamaikanischen Kumpel ein wenig aufzuziehen. »Bob.«

»Hm.« Er drehte den Kopf nur millimeterweise.

»Was sagt ein Reggae-Fan, wenn man ihm den Joint wegnimmt?«

Bob inhalierte und lächelte John mit schmalen Augen an. »Soll ich jetzt wirklich fragen: Was denn?«

John lächelte zurück. »Ja, mach doch mal.«

»Aber nur, weil du es bist.« Bob zog noch einmal und fragte dann wie gewünscht: »Was er sagt? Weiß ich nicht.«

»Soll ich's dir sagen?«

Bob streckte sich und räkelte sich noch bequemer auf der Sitzbank. »Ich kann's kaum erwarten.«

John entgegnete: »Er sagt: Kann mal jemand die beschissene Musik ausmachen?«

Bob schmunzelte. Dann schlug er John auf den Rücken und sagte: »Whatever« – und beide sahen wieder aufs Meer.

Dann geschah lange nichts. Sie konzentrierten sich voll und ganz auf ihren »Angelsport«.

Bob legte sich aufs Sonnendeck und atmete tief ein und aus.

»Ist nicht dein Ernst, alter Mann!«, sagte John und blickte zu ihm rüber. »Brauchst du etwa ein Sauerstoffzelt?«

Bob lag mit ausgebreiteten Armen da, als wollte er Schnee-Engel machen. »So aus dem Stand könnte ich zwar keinen Marathon mehr laufen«, er grinste breit, »aber dafür schaffe *ich* es wenigstens noch rechtzeitig auf die Toilette.«

Da die Bank wohl noch nass gewesen war, war Johns Hintern tatsächlich ziemlich feucht – und diente Bob nun als Steilvorlage.

»Mann, Mann, Mann, wie kann man sich so gehenlassen«. Bob lief jetzt richtig warm. »Vielleicht solltest du lieber Blasen- statt Kokostee trinken.«

John ignorierte die Witzeleien auf seine Kosten und gab mir ein Zeichen. Pranath steuerte den Katamaran in Richtung offene See.

In angemessener Entfernung beobachteten John und Bob nun die Angeln. Biss ein Fisch an, bog sich die Angelspitze, die Schnur fing an zu surren, und die beiden Herren machten unter sich aus, wer von ihnen dran war, den Fisch an Bord zu holen. Meist war es John, Bobs anfänglicher Elan war längst verflogen. Oft bissen nur kleinere Thunfische an, die sie wieder ins Meer warfen.

Wir waren inzwischen etwa drei bis vier Seemeilen rausgefahren, die Insel wurde immer kleiner, die Wellen dafür etwas größer.

Da surrte die Schnur der längsten Angel zum dritten Mal. Die beiden guckten sich an und versuchten sich zu einigen, wer an der Reihe war. John machte das Rennen, stand auf, nahm die Angel aus der Vorrichtung und begann, den Fisch einzuholen. Nach ein paar Sekunden drehte er sich zu Bob und sagte: »Ist wieder so nur ein Kleiner, ich glaube, wir angeln hier mitten im Fischkindergarten …«

Bob sog an seinem zweiten Guten-Morgen-Joint, atmete aus und sah durch den Rauch hindurch an John vorbei auf die Wasseroberfläche. In dem Moment katapultierte sich ein gigantischer Blue Marlin – ein Raubfisch mit einem langen Schwert und einem großen Fächer auf dem Rücken – aus dem Wasser, schnappte sich den kleinen Fisch samt Plastikköder und donnerte zurück in die Fluten. Er hatte sich ausgerechnet den kleinen Fisch, der gerade an Johns Angel angebissen hatte, als Frühstück ausgesucht!

Bob schrie: »Pass auf, da! Hast du das gesehen? Pass auf die Angel auf!«

John erschrak. Er blickte aufs Wasser, sah aber nichts außer unseren Heckwellen. Die Spule der Angel war jetzt kurz vorm Durchdrehen. Sie machte solch einen Krach, dass ich überlegte, mit anzupacken, aber noch hielt ich mich zurück.

Bob war inzwischen aufgestanden und zu John geeilt. Dessen Brille mit den runden Gläsern saß vollkommen schief auf der Nase.

»John, John, hast du das nicht gesehen? Der Fisch ist riesig«. Seine Stimme überschlug sich vor Aufregung.

»Was soll ich machen?«, rief John.

Der Marlin war abgetaucht und machte sich auf den Weg in die Tiefe. Bob gewann zuerst die Fassung wieder. Die Spule surrte wie ein Ventilator, und er träufelte Wasser drauf, damit sie nicht heiß lief.

»Wofür hast du eigentlich eine Brille? Hast du das Vieh wirklich nicht gesehen?«

»Nee, wie denn, ich war ja gerade mit dir in tiefsinnige Gespräche über Blasenschwäche vertieft«, sagte John und hielt jetzt doch ziemlich verkrampft die durchdrehende Angel.

Damit die Geschichte nicht zu sehr nach Hemingway klingt, kürze ich sie hier an dieser Stelle ein bisschen ab: Nach dreieinhalb Stunden holten wir den Blue Marlin mit vereinten Kräften an Bord.

Bob und John waren mächtig stolz, aber auch rechtschaffen müde. Pranath legte das Ruder um und steuerte den

Katamaran zurück zur Insel. Der Marlin war wirklich ein beeindruckend großes Exemplar, ich schätzte ihn auf dreihundert Kilo. Aber ich wusste, dass er in den Erzählungen der beiden Angler im Laufe der nächsten Monate bestimmt noch wachsen würde.

Und ebenso wuchs Bobs Lust, John wegen seiner nassen Hose aufzuziehen. Erst wurde aus John »Der alte Mann und das Meer«. Dann: »Der alte Mann will nicht mehr«. Und als John nun wirklich ein wenig angefressen war und zurückpöbelte, dass es über Bob dann wohl »Der alte Mann kann nicht mehr« heißen müsste, fuhr der Katamaran mit seinen beiden schlanken Rümpfen durch ein Wellental, und Bob flog in hohem Bogen über Bord.

»Mann über Bord!«, rief ich, aber Pranath hatte schon das Ruder umgelegt, und John warf seinem Kollegen geistesgegenwärtig einen orange leuchtenden Rettungsreifen zu, an dem er sich für die nächsten Minuten festhielt.

Ich will Sie jetzt nicht mit nautischen Einzelheiten langweilen, aber es zeigte sich in diesem Moment, dass Pranath offenbar ein sehr guter Skipper gewesen sein musste. Keinerlei Panik kam auf, wir alle verhielten uns wie ein seit Jahren eingespieltes Team.

John bereitete alles zur Aufnahme des durchnässten Bob an Bord vor, und ich behielt den auf dem Wasser tanzenden, orangefarbenen Fleck permanent im Blick. Bob paddelte im Wasser, und wir kamen auf einen halben Meter an ihn heran. Er blieb während des gesamten Manövers die Ruhe selbst. Den Rettungsring hatte er sich lässig unter die Achseln geklemmt, und ob Sie es glauben oder nicht, auch der Joint steckte die ganze Zeit in seinem Mund, natürlich klitschnass und nicht mehr zu gebrauchen. Wir hievten ihn wieder an Bord und begaben uns dann auf Heimatkurs. John zeigte sich von Bobs Gelassenheit ziemlich beeindruckt.

»Wie konntest du nur so ruhig bleiben?«, fragte er.

»Wenn ich eines sicher weiß, dann dass ich mich auf meinen Freund verlassen kann«, sagte Bob, und John versuchte seine Rührung mit einem kumpelhaften Schulterklopfen zu überspielen.

Dann stießen wir alle vier mit einer Runde Tee an.

»Auf die Freundschaft, auf uns«, sagte John. Und wir alle wiederholten einstimmig seinen Trinkspruch.

Als wir uns dem Hafen näherten und ich alleine etwas abseits auf dem Sonnendeck stand, kam John zu mir.

»Du bist nicht zu ersetzen, Adschei. Aber Pranath ist ein guter Typ.«

Mehr brauchte er nicht zu sagen. Da wusste ich endgültig, dass ich mit Pranath einen würdigen Nachfolger gefunden hatte. Ich war stolz auf meine Entscheidung, aber in meine Freude mischte sich auch eine Menge Wehmut, denn nun rückte mein Abschied von unserer Insel unaufhaltsam näher.

19

Und dann brach er an, der Tag, der mein letzter auf unserer Insel werden sollte. Er begann wie alle anderen Tage auch. Ich wurde wach, bevor der Wecker klingelte, und trat zum Sonnengruß vor mein Domizil. Aber als ich auf meine Sandalen schaute, merkte ich, dass jemand sie umgedreht hatte, sodass ich bequem hineinschlüpfen konnte.

Während ich mich noch suchend umsah, entdeckte ich Marilyn, die gerade hinter einer Palme verschwand. Da tauchte Michael vor mir auf. Er brachte mir die von Kurt gestaltete offizielle Einladung für das Fest am Abend, bevor er zum Muschelsammeln zum Strand hinunterging.

Eigentlich hatte ich nichts mehr zu tun, aber ich konnte nicht einfach untätig herumsitzen. Dann wäre ich bestimmt in übergroße Trauer verfallen. Also begleitete ich Pranath. Er machte seine Sache schon wirklich sehr gut, aber ich konnte ihm doch noch hier und da ein paar kleine Tipps geben.

Ich wusste, dass mein Abschiedsfest am Abend auf der

Plaza stattfinden sollte. Als ich dort am späten Nachmittag vorbeikam, schaute ich aus alter Gewohnheit auf die Gesichtsbücher. Dabei fiel mir auf, dass alle Inselbewohner ihren Status aktualisiert hatten. »Fest für Adschei« war ganz groß und dick eingetragen, alle hatten die Nachricht geteilt und markiert. Auch Sir Richard hatte sein Kommen zugesagt. Das freute mich sehr, denn bei Feierlichkeiten ist er sonst eher zurückhaltend.

Dann zog ich mich ins *Staff Village* zurück, um mir ein frisches Hemd überzuziehen. Zur Feier des Tages legte ich auch eine Krawatte an und faltete mein farblich genau auf sie abgestimmtes neues Einstecktuch.

Als es dunkel geworden war, wurde auf der Plaza ein riesiger runder Tisch aufgebaut, an dem wir alle Platz fanden. Fackeln wurden angezündet. Sudesh und die anderen kümmerten sich um das Essen, und Pranath wollte unbedingt mit servieren, er sagte, es sei ihm eine große Ehre, mir an diesem Tag zu Diensten zu sein.

Man hatte mich wie ein Geburtstagskind an den Kopf des Tisches platziert. Sir Richard saß zu meiner Rechten, Marilyn zu meiner Linken. Die Zwillinge hatte ich tagsüber beim Blumenpflücken beobachtet – ihre üppige Ausbeute schmückte jetzt meinen Platz. Als Hauptgericht gab es natürlich den von Bob und John gefischten Blauen Marlin, der die Zeit bis zum Fest in unserem Kühlhaus unbeschadet überstanden hatte. Er wurde tatsächlich am Stück gegrillt und von vier Mann auf einem zwei Meter langen Silbertablett serviert. Bob und John ließen sich mächtig feiern und erzählten wieder und wieder in allen Einzelheiten von dem morgendlichen Jagdabenteuer.

Plötzlich bemerkte ich, wie nacheinander alle die Tafel verließen, bis ich mich ganz allein mit Sir Richard an dem großen Tisch wiederfand.

»Wo sind die alle hin?«, fragte ich.

»Ich weiß es nicht, Adschei«, Sir Richard zwinkert mir zu. »Doch ich weiß, dass das, was jetzt kommt, die Welt nicht für möglich halten würde. Nur ein einziges Mal, im Jahr 1985, hat mein Freund Bob Geldof etwas Vergleichbares auf die Beine gestellt.«

Von irgendwoher erklangen die ersten Töne eines Lieds, und da waren sie, unsere Inselbewohner. In einer geschlossenen Reihe gingen sie zu den Klängen eines Intros auf mich zu. John begann als Erster zu singen.

Elvis sang zwei Verse, Michael natürlich auch, John dito, Kurt fiel ein und Amy improvisierte über den Refrain, den Bob mit einer interessanten melodischen Wendung abschloss. Es war ein Song über mich, frisch komponiert mit leichten Texthängern von Bob, aber durch und durch mit Gänsehautgarantie. Da standen sie alle nun vor mir und sangen ihren Song nur für mich, ihre Stimmen klangen so gefühlvoll, so intensiv … Am Ende des Liedes war kein Auge mehr trocken. Wir lagen uns in den Armen, und Amy verzierte auch mein frisches Hemd mit schwarzen Kajalflecken. Wir hielten uns aneinander fest, keiner wollte loslassen, als könnten wir so das Bevorstehende abwenden.

Es war einzigartig. Als wir uns schließlich doch voneinander lösten, folgte ein Konzert der vielleicht größten Musiker aller Zeiten – nur für mich. Michael und John sangen *Man in the mirror*, Amy verausgabte sich vollkommen bei *Hey*

Jude von den Beatles, Bob sang *Valerie* in einer ungeahnten Reggae-Version, und Kurt und Marilyn gaben den Bowie-Klassiker *Heroes* zum Besten. Bei diesem Song schaute ich zu Sir Richard hinüber, dem hartgesottenen Kerl. Ihm liefen die Tränen über die Wangen wie bei einem kleinen Kind. Er schämte sich ihrer nicht und rief mir zu:

»Adschei, sie singen alle nur für dich, so etwas hat es noch nie gegeben, und so etwas wird es auch nie wieder geben, Adschei, schau sie an, sie lieben dich!«

Ich sog jede Sekunde, jede Bewegung, jeden Takt auf. Natürlich wurde auf der Insel hier und da musiziert. Aber alle zusammen hatten sie es noch nie versucht. Einzigartig!

Auch Professor Wiesenhafen ging aus sich heraus. Er hatte wohl schon ein paar Gläser intus, jedenfalls kletterte er auf einmal auf den Tisch und bestand darauf, ebenfalls etwas zu singen.

Doch niemand war gewillt, sich den Abend verderben zu lassen. Gemeinsam überredeten wir Wiesenhafen, lieber oben in den Blättern einer Palme Platz zu nehmen. Ein exquisiter Logenplatz, von dem aus er einen viel besseren Überblick über das Geschehen habe. Dieses Argument überzeugte Wiesenhafen sofort. Mit Sudeshs Hilfe erklomm er den Palmenstamm und klatschte und krähte von oben zu uns herunter. Er war unten nicht zu hören, was ihn aber nicht weiter störte und seiner guten Laune keinen Abbruch tat.

Als ich mir in einem Moment der Ruhe noch etwas Tee nachschenkte, tauchte plötzlich Marilyn neben mir auf. Sie nahm mich bei den Schultern und streichelte mir zärtlich über die Oberarme.

»Danke, Adschei«, hauchte sie.

»Gern geschehen«, antwortete ich. »Aber wofür genau?«

»Denkst du ernsthaft, ich hätte nicht bemerkt, dass du mir jeden Morgen die Sandalen so umgedreht hast, dass ich sofort hineinschlüpfen konnte? Und diese Kleinigkeit steht stellvertretend für so vieles …«

Ein warmes, wohliges Gefühl breitete sich in mir aus.

Dann hielt Pranath eine kurze Rede, in der er versprach, sich meine Arbeit zum Vorbild zu nehmen. Alle applaudierten. Nicht zuletzt, weil Elvis Pranath wie ein wahrer König zur Seite nahm und in die Runde verkündete: »Du trittst in große Fußstapfen, mein Sohn. Ich hoffe, dass du dich als ihrer würdig erweist.«

Ich holte mein Einstecktuch heraus, ich musste mir wieder die Augenwinkel abwischen. Da kam Sir Richard zu mir.

»Alles in Ordnung, Adschei? Ist schon alles ein bisschen viel, was?«

»Nein, nein, Sir, alles gut.«

Sir Richard grinste, ich steckte mein Tuch wieder ein.

»Komm, Adschei, lass uns ein Stück gehen.«

Während hinter uns das Fest weiterging, spazierten wir ein Stück den Strand entlang. Sir Richard mit einem Glas Wein, ich mit einem Glas Tee in der Hand. Der Festlärm wurde leiser, die Lichter verschwammen. Wir sprachen über die vielen Jahre, die ich im Dienst der Insel gestanden hatte. Darüber, dass er zwar immer mein Vorgesetzter gewesen war, aber ich der Dienstältere. Vielleicht trug das mit dazu bei, dass wir uns an diesem Abend erstmals wirklich auf

Augenhöhe unterhielten. Wir tauschten Anekdoten und Erinnerungen aus, gratulierten uns gegenseitig zu der guten Wahl meines Nachfolgers, und als uns irgendwann doch der Gesprächsstoff ausging, blickten wir lange schweigend aufs Meer.

Dann sagte ich: »Sir Richard, ich …«

Er unterbrach mich. »Ich finde, es ist wirklich höchste Zeit, dass du mich Richard nennst. Das ›Sir‹ ist mir sowieso ein wenig unangenehm.«

»Das ist sehr nett, Sir. Ich weiß das wirklich zu schätzen. Aber in meinem Alter trennt man sich nur ungern von alten Gewohnheiten.«

»Ich fürchte, das musst du aber. Alles wird jetzt anders werden. Du wirst ein komplett neues Leben beginnen.«

Er hatte ja so recht. Der große Einschnitt würde erst noch kommen. Eine völlig neue Umgebung, andere Tagesabläufe – Menschen um mich herum, die ich noch nie zuvor gesehen hatte.

»Ich weiß, Sir Richard. Natürlich wird mein Leben jenseits der Insel ein anderes sein. Aber ich werde mich nicht verändern. Ich habe meine täglichen Routinen. Sicher werden sie von denen hier auf der Insel abweichen, aber meine Lebensphilosophie bleibt die gleiche und …«

»Adschei, ich meine etwas ganz anderes. Aber das kannst du nicht wissen. Es ist jetzt an der Zeit, dir etwas zu geben.« Dann holte er tief Luft und reichte mir einen Briefumschlag. Ich öffnete ihn sofort. Es steckte nur ein Foto darin. Ich blickte fragend zu Sir Richard.

»Sieh es dir an«, sagte er.

Ich ging ein paar Schritte zu einer der Fackeln, die im

Sand steckten. Ich drehte das Foto zum Licht und erkannte darauf eine Frau, etwa fünfundvierzig Jahre alt. Sie war wunderschön und wirkte irgendwie vertraut. Wer war sie?

Ich ging dichter an die Fackel heran, um mehr Licht zu bekommen. Auf meiner Haut spürte ich die Wärme der Flamme. Ich schaute der Frau in die Augen und erschrak. Ich kannte sie, ich kannte diese Augen, diesen Ausdruck. Ich musste schlucken und hörte mein Herz laut klopfen.

»Ist das etwa …« Ich sah zu Sir Richard, der noch immer an derselben Stelle stand, einige Meter von mir entfernt.

Bevor Sir Richard etwas sagen konnte, platzte es aus mir heraus: »Es ist Leela, es ist meine Leela, mein Gott, nach all den Jahren … Leela!«

Ich war mir ganz sicher, auch wenn zwischen unserem letzten Treffen und diesem Foto mehrere Jahrzehnte lagen, erkannte ich sie sofort. Ich betrachtete das Foto. Sie war so wunderschön.

»Woher kommt das Foto?«, fragte ich Sir Richard. »Wo ist sie? Geht es ihr gut?«

Ich fühlte mich wie unter Strom, ich musste reden und mich gleichzeitig bewegen. Der Schlüssel zu Leela stand jetzt vor mir: Sir Richard.

Er schien sich aber gar nicht so richtig mit mir freuen zu können. Ich blickte in seine Augen, er schaute mich ernst an.

Ich drehte das Foto wieder zum Licht. »Das ist doch Leela, oder? Sir Richard, ist das Leela?«

Er stand dicht neben der Fackel, legte mir die Hand auf die Schulter und sagte: »Adschei, die Frau auf dem Foto ist knapp über fünfzig, und das Foto wurde vor einer Woche aufgenommen.«

Mein Gesicht schien Bände zu sprechen. »Nein, es ist nicht Leela«, sagte Sir Richard leise. »Ich wollte sie so gerne für dich finden, aber leider kamen wir zu spät.«

Dass die Organisation über weitreichende Möglichkeiten und Mittel verfügte, wusste ich, aber ich hatte keine Ahnung gehabt, dass Sir Richard von meiner großen unglücklichen Liebe erfahren hatte. Er hatte höchstpersönlich Himmel und Hölle in Bewegung gesetzt, um Leela ausfindig zu machen.

»Was soll das heißen: ›Wir kamen zu spät‹?«, fragte ich beunruhigt.

Richard sah mich an, der Schein der Fackel spiegelte sich in seinen Augen. »Leela hat schon vor einigen Jahren ihren Frieden gefunden, Adschei, sie ist tot.«

Ich musste mich hinsetzen. Sir Richard setzte sich neben mich in den Sand.

Dann erzählte er mir Leelas ganze traurige Geschichte. »Etwas war passiert, was ihre Ehe unmöglich machte. Von da an musste sie wie eine Ausgestoßene leben«, erklärte er.

»Sie wurde verstoßen, weil sie sterbenskrank war?« Ich verstand die Welt nicht mehr.

»Nein, ganz im Gegenteil, Leela war kerngesund. Sie bekam fünf Monate nach ihrer Hochzeit ein Kind. Und da ihr Mann nicht der Vater sein konnte, war die ganze Familie damit entehrt.«

Ich hatte Leela über fünfzig Jahre nicht gesehen und war sehr wütend auf sie gewesen, aber plötzlich fühlte ich wieder diese starke Verbundenheit. Sie tat mir unendlich leid. Was sie durchgemacht haben musste!

Die Fackel brannte inzwischen ganz ruhig, der leichte Wind hatte sich inzwischen völlig gelegt, kleine Wellen spülten an den Strand, verharrten für einen kurzen Moment und machten sich dann wieder auf den Rückweg. Sir Richard blickte genau wie ich aufs Wasser.

Ich hielt noch immer das Foto in der Hand.

»Und das Foto«, sagte ich laut. Was war mit dem Foto? Wer war die Frau auf dem Bild, die mir so bekannt vorkam, wenn es nicht Leela war? Und warum hatte es Sir Richard mir überhaupt gegeben?

Hilfesuchend sah ich ihn an. »Wer ist die Frau?«

»Es ist deine Tochter.« Sir Richard schaute weiter aufs Wasser. »Mein lieber Adschei, mein lieber Freund, du hast eine Tochter.«

Ich hörte jedes Wort, doch bis ich den Sinn verstand, dauerte es eine ganze Weile. Ich betrachtete das Foto. Meine Tochter! Sie war so hübsch. Sie war ihrer Mutter wie aus dem Gesicht geschnitten. Tränen tropften aufs Foto, ich wischte sie sofort hektisch weg, als könnten sie ihr Schaden zufügen.

»Sie heißt Suri«, sagte Sir Richard.

Da brachen alle Dämme bei mir. Ich war blind vor Tränen, konnte Suri kaum noch erkennen. Sir Richard schniefte auch, und schließlich fielen wir uns in die Arme.

»Es geht ihr gut, ich habe sie auf die Hauptinsel geholt, damit ihr euch gleich morgen sehen könnt. Sie freut sich unendlich auf dich.«

»Danke, danke, vielen Dank«, stammelte ich. »Das ist

das Schönste, was ein Mensch jemals für mich getan hat. Ich werde das niemals vergessen.«

Wir wischten unsere Tränen ab.

»Ich möchte, dass du Suri in aller Ruhe kennenlernen kannst. Es ist für alles gesorgt. Ich habe ein großes Haus für euch auf unbestimmte Zeit gemietet. Egal, was dann passiert, ob ihr zusammenbleibt oder getrennte Wege geht – um materielle Dinge werdet ihr euch nicht sorgen müssen.«

Ich fand keine Worte, die hätten ausdrücken können, was ich gerade fühlte. Meine Aufgabe war es bisher gewesen, das Leben anderer Menschen so glücklich wie möglich zu gestalten. Zum ersten Mal tat genau das ein Mensch für MICH! Und zwar in völlig ungeahntem Ausmaß.

Als Sir Richard und ich später zurück zu den anderen gingen, merkte Marilyn sofort, dass etwas Großes passiert sein musste. Sie umarmte mich, und ich flüsterte ihr ins Ohr: »Ich habe eine Tochter! Stell dir vor, Marilyn, ich habe eine Tochter!«

Michael hatte mich gehört, und keine fünf Minuten später hatten alle Inselbewohner die frohe Botschaft vernommen. Sie freuten sich mit mir. Bob und John drückten mich gerade fest, als sich Marilyns und meine Blicke trafen. Sie nickte mir leicht zu, wischte sich mit einer Hand die Tränen weg. Marilyns Herz war ganz bei mir in diesem Augenblick. Ich habe mit ihr gelebt wie mit einer besten Freundin, gelacht wie mit einer Schwester, auf sie gehört wie ein Sohn und mich für sie verantwortlich gefühlt wie ein Vater. Ich vermisste sie schon jetzt.

Mein Leben hatte sich auf einen Schlag verändert. Ich war ein neuer Mensch. Ich hatte eine Tochter!

Ich habe geliebt, und ich habe gelebt.
Und ich werde glücklich sein.
Vielleicht für immer.